ちくま文庫

柴田元幸ベスト・エッセイ

柴田元幸 編著

筑摩書房

目次

1. 日々の実感

5. 不明の記憶

挿画　きたむらさとし
章扉デザイン　アルビレオ

柴田元幸ベスト・エッセイ

1.

日々の実感

狭いわが家は楽しいか

My Blue Heaven

狭いながらも楽しいわが家
愛の灯影《ひかげ》のさすところ
恋しい家こそ　私の青空

——名訳詞家、堀内敬三訳による、おなじみ『私の青空』の一節。一九二七年にジーン・オースティンが歌ってアメリカでヒットし、日本でも翌年、二村定一《ふたむらていいち》の歌で大流行した曲である。大正生まれの僕の父親が言うには、この歌がはやった昭和一ケタ当時、毎日夕方になると、勤めを終えた僕の叔父が「夕暮れにぃ仰ぎ見るぅ……」と歌いながら帰ってくるのが聞こえてきたものだという。

とにかくいろんな人が歌い、演奏している曲で、僕のレコード／ＣＤコレクションを見ても、テディ・ウィルソンのピアノソロがあり、ベニー・カーターとアール・ハインズの共演もあれば、ファッツ・ドミノによるロックンロール版、あるいは川畑文《ふみ》子をお手本にした吉田日出子の復古調歌唱もある。エノケンのレコードもあったはずなのだが見つからない。中学生のころ持っていたフォーク・クルセイダーズのライブ盤でも歌われていた。

楽天的にしてノスタルジックなメロディー、イデオロギー的にも穏健そのもの、歌いようによってはいくらでも下司になりうる〈マイホーム主義〉をこれほど気持ちよく歌った歌もちょっとない。どこの国でも愛唱されて当然だろうが、それに加えて日本での人気は、訳詞の良さも大きいと思う。「狭いながらも楽しいわが家」という箇所などは、『大辞林』の「ながらも」の用例にも取りあげられている。

さて、冒頭に引用した部分、ジョージ・ホワイティングの原詞は次のようになっている。

You'll see a smiling face, a fireplace, a cozy room
A little nest that's nestled where the roses bloom
Just Molly and me

And Baby makes three
We're happy in my blue heaven.
(笑顔に暖炉、心地よい部屋
バラの花咲く小さな巣
モリーと僕
それに赤ん坊の三人
僕らは幸福　私の青空)

一般に日本語の歌詞の場合、伝えることのできる情報量は英語よりずっと少ない。英語では「二」言えるところを日本語では「一」も言えない。それを思うと、原詞のエッセンスを巧みに抽出している堀内訳の上手さにはあらためて敬服してしまう。特に見事と思うのは「狭いながらも楽しいわが家」の部分である。この一句に、訳者が日米間のものの感じ方の違いを計算に入れて、原詞を微妙にずらしていることがうかがえるからだ。

たしかに原詞でも、cozy という言葉には「小ぢんまりとした」というニュアンスがあるし、A little nest はもっとはっきり「小ささ」を意味している。けれども、そこで意味されているのは「心地よい」小ささ、「それ以上大きい必要はない」小ささである。それはあくまで満足の表現である。これに対して、「狭いながらも」には、「本当はもう少し広いほうがいいんだけど、でも、ま、いいか」という響きがある。それはいわば快い諦念の表現である。原詞の「小さくて、楽しいわが家」が、訳詞では「小さいけど、楽しいわが家」に変わっているのだ。

大した差ではないかもしれない。たとえば、"Home on the Range"（草原のわが家）の雄大さが『峠のわが家』のつつましさに変貌してしまうことに比べれば。けれども、「小さくて、楽しい」と「小さいけど、楽しい」の違いのほうが、表面的には小さくても、ある意味ではより深い違いに根ざしているともいえる。なぜならそれは、「楽しい」という思いの表わし方、あるいは思いの抱き方自体における、両文化間の違いを体現しているからだ。

一般に、アメリカ人は何かを肯定するとき、それを全面的に肯定する表現を好む。否定的要素はあえて口にしないか、むしろ肯定的要素に読みかえて（「狭い」ではなくcozyとして）表現する。彼らにとって、狭いわが家、と言ってしまったら、それはもはや楽しいものではないのだ。

逆に日本人は、「……ながらも」「……ではあれ」というふうに、むしろ何らかの限定を加えて肯定することを好む。いってみれば、百パーセントの幸福よりも、「……だけど、でも、ま、いいか」と自分に言い聞かせる部分があったほうが、幸福としてリアルなのだ。

　そんな違いが、“My Blue Heaven”と『私の青空』の差異によく表われている。つまり、堀内訳のよさは、オリジナルの英詞をも一種の「翻訳」として捉えているところにある。図式的にいえば、「楽しいわが家」という、いわば〈原概念〉――これをかりにＡと呼ぼう――がまずあって、それが英語の歌詞においてはＡ１として表現されている。訳詞はＡ１を翻訳するのではなく、Ａ１の向こうに見えるＡそのものを翻訳することによってＡ２を作ろうとしている……ということである。

　むろんここには危険がともなう。Ａ１の向こうにいかなるＡを読み取るかは、翻訳する人間のセンスに左右されるからだ。口でいうのは易しくても、僕みたいなかけ出しの翻訳者にはなかなかできない。よい翻訳をすることは、よい翻訳について語るよりずっと難しい。

　と、ここまで書いたところでワープロから顔を上げ、冷蔵庫と食器棚とパソコンとテレビとステレオが一部屋に同居した狭い狭い棟割長屋のわが家を眺めると、原概念がどうの翻訳がこうのなんて議論が、いっぺんに空しくなってくる。

ああ、私の青空は遠い。昔の詩人たちにとってのフランスよりもはるかに。

（1990. 12）

生半可な學者

Hay Fever

そろそろ花粉症の季節である。この原稿が活字になるころには、日本じゅうで多くの人が目をショボショボ鼻をグスグス、クションクションを連発していることだろう。

花粉症のしんどさのひとつは、そのしんどさがなかなか他人に解ってもらえないことである。まあたしかに、べつに命にかかわるような症状があるわけでもないし、非患者の人から見れば出来の悪いギャグみたいな病気にちがいない。「いやあ花粉症がひどくて」と非患者に言ってみたところで、口では「そりゃ大変ですねえ」と応じてくれるものの、その口調は露骨に冷ややかである。「先日お願いした仕事はやっていただけましたか」「いえその、花粉症がひどくてまだちょっとあの」などと言おうものなら、「湾岸戦争で世界が危機に瀕してるってのに花粉症くらいで何だバカヤロウ」とどやされても文句は言えない雰囲気がある。花粉症の悲劇は永遠に悲劇性を剝奪されているところにある。

いうまでもなく、病気にも格がある。悲劇性においてもっとも格が高いのは、現在なら白血病、少し前なら結核である（『風立ちぬ』のヒロインが脱腸で療養中だなんて想像できますか?）。しかるに僕の持病は、花粉症以外にも、冷え症とか（冬は部屋のなかでも手袋をしている）、慢性勤労意欲減退症とか（これは親譲りだから仕方ない）、誰も全然同情してくれない、最低の格のものばかりである。ま、同情されて美しく死ぬより嘲笑されてだらしなく生きてるほうがいいですけどね。

ユーゴスラヴィアの作家ミロラド・パヴィチの『お茶で描いた風景画』は、重い花粉症を患っている男が主人公である。そこでは花粉症という病が、いわば主人公が世界に対して感じる違和感の表象として使われている。これだけでも、この小説が信用できようというものである（同じパヴィチの『ハザール事典』では、花嫁とともにローマ時代の劇場の遺跡に迷い込んだ花粉症の男が、ナイフを持ったまままくしゃみをして手を切ってしまい、その血の匂いに群がってきた死者たちに花嫁を貪り喰われてしまう……）。『お茶で描いた風景画』の主人公は医者に勧められて海辺に転地し、そこから新しい物語が開けるのだが、こっちは転地なぞできる身分ではない。できるのはせいぜい、街で配っている広告つきティッシュを溜め込むことくらいだ。街で配る広告といえばちょっと前まではブック型マッチが主流だったがいまはティッシュ全盛、花粉症患者には実に有難い。

ところで、大正十三年に発行された『チラシの拵《こし》らへ方』（清水正己著）という本を読むと、かつては街頭で配る広告も、オーソドックスなチラシのほかに、子供相手のカード型チラシとか、学生・事務員相手の吸取紙チラシとかさまざまな種類があったことがわかる。これがなかなかすごい本で、たとえば、チラシの文面は平易でなければならぬと説いた一節を引くと（以下、昭和五年刊第十五版より）――

然るに今日廣告を見るに、どうも難かしい字が多いやうである。中には漢語などを使つて、中學生の作文でも讀むやうなのがある。これ等は廣告を起草するに當つて生半可な學者に依頼したりするからでもあらう。

「生半可な學者」とは俺のことかと一人勝手に狼狽してしまうが、先を続けると――

驚くのは廣告文起章《ママ》家を以つて任じて居る人が平氣で英語を入れたり、キザな純文藝的の文《ママ》章を書いて居る事である。『最もエフシエンシーを發揮する』だとか『アップ、ツー、デートの品』だとか云ふやうな事は中學校の生徒位にはよく解るだらうが、一般の人、殊に婦人や子供には通じない。亦『新らしい試み』だとか『藝術的な分氣《ママ》』だとか生意氣な事を書いてあるのがある。これ等はいづれも廣告の書き方を知らない人で、到底廣告起草家などと云ふ資格のない人である。さういふ人の存在は却つて廣告界の爲に憂ふべき事であらうと思ふ。又商人諸君もさう云ふ危險な起草家には頼まないやうにしなければならない。

コピーライターではなく「廣告文起草家」というのがいいし、「キザな純文藝的の」「生意氣な事」「さう云ふ危險な起草家」といったあたりも感動的である（ついでにいうと、「エフシエンシー efficiency = 能率」というのは今日では大学生だって解るかどうか疑わしい）。

大真面目な人が大真面目に書いた文章には独特のおかしさがある。謹厳にして実直そのものの教師が、自分ではおかしいなどとはつゆ思わずに口にする言葉に独特のおかしさがあるのと同じことだが、そうした「大真面目のおかしさ」における近年の傑作は『英語会話表現辞典　警察官編』（旺文社）である。

和英対訳で書かれたこの辞典は、「けっこん」を引いても「結婚」はなく「血痕」はあるとか、「こうさつ」を引いても「考察」はなくて「絞殺」があるとか、「さかい」の例文は「あなたが刺した人は生死の境をさまよってますよ」、「たね」は「送られてきたおでん種に毒が注入されていたことが判明しました」と何とも凄絶、他にも「この銀行は強盗が人質を取って占拠してます。申し訳ないですが他の支店にお回りいただけませんか――まあ、恐ろしいこと」等々迫力あふれる例文が満載されている（ちなみに英訳は非常に見事）。僕は三七〇ページに及ぶすべての例文を読破したが、いやまあとにかく、強盗に遭ったり背中をナイフで刺されたり全財産をだまし取られたりアパートは追い出されるわ借金の返済は迫られるわ、すさまじいことこの上ない。こういう状況を年中扱う仕事というのは本当に大変である。花粉症で愚痴っている程度の生半可な學者でつくづくよかったと思う。

（1991. 4）

ミルキーはママの味

What's Milky Made of?

いつのまにこんなに食べてしまったのだろう、と柴田君はひとごとのように驚く。机の上に、不二家ミルキーの包み紙が山になっている。柴田君はミルキーを愛している。机の上にミルキー徳用袋一三八グラム入を置いておくと、自分でも知らないうちに、いくらでも食べてしまう。ミルキーはママの味、と袋の裏には書いてある。「ママ」をすり潰《つぶ》して練って乳化剤を加えればミルキーができるのだろうか、という妄想がいままで何度柴田君の頭に浮かんだことか。

袋にはさらに、ミルキーは「北海道の厳選したしぼりたてミルクからつくられたれん乳を使用しています」とある。決め手はやっぱりれん乳なのだ、と柴田君は思う。

佐藤君は『ラバーソウルの弾みかた』で、「昆布九グラム、醸造酢」という内容表示は〈都こんぶ〉というものを伝えはしないと述べている。構成要素でものを知れると思うのは、『ラバーソウル……』にいわせれば近代科学にどっぷり浸《つ》かった考え方である。

自分はいまも近代の長湯をしているのだ、と柴田君はまた一つミルキーを頬張り、れん乳の味を味わいながら思う。

れん乳を主成分とするコンデンスミルクも柴田君は大好きである。子供のころはもっぱらイチゴにかけて食べていたので、柴田君はいまでもそれをイチゴミルクと呼ぶ。あるとき、その言い方が妻に通用しないのを知って、柴田君はひどく驚いた。

柴田君の妻は、柴田君がミルキーばかり食べていることに驚いている。

ある日、柴田君が学校から帰ってくると、机の上に、ミルキー徳用袋一三八グラム入の空袋がずらりと並んでいた。

ペコちゃんの同じ顔がいくつも並んでいる。なんだかアンディ・ウォーホルみたいだ。

ウォーホルがペコちゃんを知っていたらきっとペコちゃんを描いたにちがいない、と柴田君は思う。ペコちゃんはミッキー・マウスに匹敵する傑作だと柴田君は思っている。

茶色い髪は昭和三十年代日本の、アメリカを見上げる視線を感じさせ、ふくらんだほっぺたはカロリー摂取がまだ善であった時代をしのばせる……。

ペコちゃんについて大論文を書くことを夢想しながら、柴田君はまたひとつミルキーを口に入れる。

(1993. 10)

ボーン・イン・ザ・工業地帯

Born in the Industrial Area

自分が訳した本はどれも愛着があるが、シカゴのサウス・サイドでの少年時代を描いたスチュアート・ダイベックの『シカゴ育ち』は、とりわけ愛着のある一冊である。ひとつにはそれは、『シカゴ育ち』が、僕の訳した本のなかで、いまのところあまり読まれていない部類に属するからかもしれない。同じ意味で、スティーヴン・ミルハウザーの『イン・ザ・ペニー・アーケード』にも愛着がある。これは確信をもって言えるけれど、売れなくてお金にならないのが残念、ということでは全然ない。そうではなくて、この本が届くべき人たち、この本を読んだら「読んでよかったな」と思ってくれるであろう「潜在的愛読者」たちにまだ届いていないんじゃないかと思えて、それがくやしいのである。特にミルハウザーなどは、文系よりもむしろ理系の、ふだん小説なんてあまり読まない、どちらかというと人間とかかわるより機械とかかわるほうが好きな、根のやや暗めの人に潜在的愛読者がいるはずだと思うのだが、残念ながらそういう人のところまでこの本は届いていそうにない。

だがいまは、スチュアート・ダイベックの話である。一九九三年の夏に、日本版『エスクァイア』の依頼でダイベック氏にインタビューしにシカゴに行って、彼が育ったサウス・サイドを案内してもらったとき、街から受ける感じが――うすうす予想していなくもなかったのだが――僕にとってあまりに違和感がないので、なんだか拍子抜けしてしまった。子供時代をここで過ごしたとしても、少しも不思議はない気がした。アメリカでこんなat homeな気分になれたのははじめてだった。

シカゴの南側は、文化的に洗練された北側や、西の郊外住宅地とは違って、移民の多い、裕福とは言いがたい地帯である。街並も整然というにはほど遠く、路地や裏道が雑多に広がり、木々や草花はスモッグと排気ガスで何だかみんなくたびれている様子だし、へなへなに折れ曲がった有刺鉄線に囲まれた空き地や原っぱには雑草がてんでに伸びてゴミと絡《から》みあっている。ハコベの花もチューインガムの包み紙も、そこでは生態学的に同等の地位をもって存在している。

人種的な多様さを抜きにすれば、それは僕の育った東京のサウス・サイド、すなわち京浜工業地帯の街並と、ひどくよく似ている。

もちろん、違いだってある。空間は当然シカゴのほうが広いし、シカゴにはがらんと大きな工場がいまや廃墟《はいきょ》と化して窓ガラスの軒並み割れた顔をさらしていることがよくあるのに対し、東京のサウス・サイドは円高不況のあおりをもろに食らいながらも町工場が依然コツコツ旋盤を動かしつづけている。治安にしても、少なくともいまのシカゴのそれは東京とは段違いに悪い。それでもなお、街から漂ってくる雰囲気は、とにかくよく似ているのだ。

これが時計を少しばかり逆回しして、ダイベックが小説で描いている五〇年代のシカゴ南側と、僕が育った六〇年代の京浜工業地帯を較《くら》べてみると、その類似はほとんど薄気味悪いほどになる。どちらのサウス・サイドにも、国道沿いの土ぼこりと工場の油汚れが空気に染《し》みわたっている。そこでは自然の生命感も、そういった工業地帯的環境と切り離して考えることはできない。「僕らの町に原生する野生動物――雀《すずめ》、鳩《はと》、二十日鼠《はつかねずみ》、ドブ鼠、犬、猫――のなかで、自然のグロテスクな豊穣《ほうじょう》さを感じさせてくれるのは虫だけだった。たいていの子供は、虫をちょっと虐待《ぎゃくたい》してみることによって、虫に対する驚異の念を一度は表明したものである」というダイベックの一節など(『シカゴ育ち』所収「荒廃地域」)、ほとんど僕の育った町のことを書いてもらったような錯覚を覚える。「文化」に対する距離感も似ている。ここではとにかく仕事をして食うのに精一杯で、カッコいいこと、文化的なことは街の向こう側にあるんだ——そんなふうな、六十パーセントのひけめと四十パーセントの自負とが、どちらのサウス・サイドにも、まったく同じように息づいている。

工業地帯の下町に——根津や深川のような由緒《ゆいしょ》ある下町とは違って、戦後のドサクサのなかで無節操に広がっていった下町に——育つと、「なつかしい」と「うつくしい」が一致することはあまりない。なつかしいものは、暗くなるまで三角ベースをやった、砂利でしょっちゅう膝《ひざ》をすりむいた殺風景な原っぱだし、(臭いので)息をとめて身をかがめてボールを拾ったドブ川だし(そのドブ川のあったところは現在フィットネス・クラブになっていて、そこの陽あたりのいいプールで昼間から泳ぐのがいまの僕にとって最大の贅沢《ぜいたく》だ)、電車にペシャンコにつぶされるのが面白くて鉄屑《てつくず》をレールに置いて遊んでいるのを見つかって踏切り番のおじさんにこっぴどく叱《しか》られた線路ぎわだ。集合住宅が雑多に並ぶ上に広がる、スモッグに汚れた空には、美しい夕焼けなんて見えた記憶がない。正月になると、工場が仕事を休むので、空の色が変わって本当に空色になり、毎年のことなのにいつもそのたびに意表をつかれた思いがした。たまに都心に連れていってもらうと、丸の内のビル街など緑がひどくみずみずしく見え、「都心って緑が多いんだねえ」と言って親に笑われた。

子供のころ一回だけテレビに出たことがある。テレビカメラが小学校の教室に入ってきて、授業風景を撮影していった。勉強では一番だった僕は、カメラがまわっているあいだ、立って国語の教科書を読み上げた。放送の当日、眠いのを我慢して夜遅くの番組を見たら、それは「騒音に悩む小学校」という題だった。僕の通っていた小学校は京浜急行（東京でもっとも文化のない沿線、とどこかで鹿島茂さんが書いていた）の線路沿いにあったのだ。もちろん、教科書を朗読する僕の声は、電車の騒音にかき消されてぜんぜん聞こえない、という設定だった。その後、防音塀が作られて事態は改善されたが、実をいえば、僕ら子供にとっては、二分ごとに電車が通過するたびに朝礼台に立った校長先生が沈黙しなければいけないような環境も、べつに気にならなかった。だいいち、そうじゃない環境なんて思いつきもしなかったのだ。

そういう町に育ったという事実を、僕もまた、六十パーセントのひけめと四十パーセントの自負とをもって何度もくり返し考える。僕はいまや「天下の東大」の先生である。世間的には、めったに人に頭を下げなくてもいい、結構な身分である。でも、手拭《てぬぐ》いを頭に巻いたおじさんたちが黙々と旋盤を回している町工場の並ぶ、夕暮れの街並を自転車で走るとき、僕はいまも、三十年前の、勉強ができることだけが取り柄の、気の弱い、背が伸びないことを気に病んでいる子供に戻っている。喧嘩《けんか》と体育ができることが至上の価値である下町では、勉強ができることなんて屁《へ》みたいなものであり、そういう世界にあって僕は明るく楽しい少年時代を過ごしたわけでは全然なかった。あのころだって、いまだって、僕はこういう環境にしっくりなじんで生きているわけではない。下町的な近所づきあいとかはまるで駄目だし、飲み屋なんかでおじさんたちがガラ悪く盛り上がっていたりしているのを見ると、「やれやれ」とつい思ってしまう。だがそれでも、もし自分に「天下の東大」の先生をやる資格なり意義なりが少しでもあるとしたら、それは自分が「カッコいいこと、文化的なことは街の向こう側にある」京浜工業地帯で育ったことと無関係ではありえないと、僕は確信している。

「なつかしい」と「うつくしい」が一致しがたいサウス・サイドを描くなかで、ダイベックはそこに、ふっと天使の影をよぎらせたり、不思議な言葉で呟《つぶや》かれる老婆《ろうば》たちの祈りを響かせたりして、つかのまの「うつ

くしいなつかしさ」を、あたかもささやかな救済のように忍び込ませた。残念ながら僕はまだ、京浜工業地帯のなかにそのような「うつくしいなつかしさ」を見出《みいだ》せていない。でも、『シカゴ育ち』を読んだとき、そしてそれ以上にそれを訳しているとき僕は、ダイベックがシカゴのサウス・サイドだけでなく、東京のサウス・サイドまで救済してくれた気がしてならなかった。

インタビューを終えて日本に帰ってから、ダイベック氏から手紙をもらった。君と会えてとても楽しかった、会ったのははじめてだけれど、何だか一緒に育った友だちと久しぶりに再会を果たしたような気がしたよ、とその手紙にはあった。（1995. 2）

考えもしなかった

It Never Occurred to Me

何年か前に、あやうく妻を殺しかけたことがある。

そのころはまだ、僕の親の家のすぐそばに住んではいなかったので、妻と二人で会いにいくとなると、たいてい泊まりがけである。寒いとめんどくさいから、蒲団もひとつしか敷かない。で、あるとき、朝になってトイレに起きて、戻ってきて、うー寒《さむ》、もうひとねむりしよっと、と蒲団に飛び込んだら、目測を誤って、妻の身体のどこかに、思いきり膝蹴りを食わせてしまった。

妻はぎゃっと飛び上がり、痛そうに顔をしかめた。

まあそこまでなら、「おー悪い悪い」「ったく」で済んだのだろうが、話はさらに新たな展開をとげる。

というのも、痛さに顔をゆがめていた妻は、とつぜん、かっと目を見開き、体をぴんと伸ばしたのだ。まるで映画かテレビのなかで、背中を不意にナイフで刺された男のように。その瞬間、男の瞳は、長年自分にとって唯一無二の友と信じてきた相棒の裏切りを知ったことを物語っている……。そして妻は、ばったり前に倒れた。

僕は落ち着き払って、表情ひとつ変えずに妻の背中からナイフを抜き……じゃなくて、いやあ、慌てましたねえ。「おい！　どうした！　おい！」と、妻の身体を意味なく抱き起こしてオロオロわめくばかり。でもとにかく、膝蹴りのせいでこうなったことはわかるので、「こんなに痛がるんだから腹を蹴ってしまったにちがいない」ととっさに判断し（我々両者の位置関係からして、蹴りが入った場所は、上はみぞおちあたりから下は膝のやや上あたりまでのどこでもありえた）、懸命に妻の上腹部をさすりながら、ドウシタオイシッカリシロをくり返していたが、妻の方は、命を代償にいまやすべての罪を贖《あがな》われた中年ギャングのように、穏やかな表情を浮かべたままぴくりとも動かなかった。

その状態がどれくらいつづいたのかはわからない。何分かつづいたのかもしれないが、たぶんほんの数十秒のことだったのだろう。いずれにせよ、妻はやがて目を開いた。

ここで時間を少し元に戻して、妻の視点から物語を語らねばならない。妻は、僕がトイレから戻ってきた時点ではまだ眠っていたが、突然、右太腿中央に何かががいんとぶつかるのを感じ、激しい痛みを覚えた。あまりの痛さに妻は気を失ったが、やがて訪れたのは、まるでお花畑にいるような穏やかで快い気分だった。というより、彼女は文字通りお花畑にいた。赤や黄色に咲き乱れる花のなかを、何をするわけでもなく、この世に悩み一つない安らかな気持ちで歩いていた。その場を去りたい気持ちなど、妻にはこれっぽちもなかった。

ところが、やがて、誰かの間の抜けた声が必死にわめいているのが聞こえてきた。うるさいなあ、せっかく気持ちのいいところにいるのに、と彼女は思ったが、やがて、自分が実はどこかに横たわっているのだという認識が少しずつ訪れるとともに、間の抜けた声の発信者が彼女の腹を懸命にさすっていることも認知できるようになってきた。

こうして妻は、生の世界に戻ってきた。

彼女にとって、落差はあまりに大きかった――花咲く丘に遊ぶ、えもいわれぬ心地好さから、髪振り乱し目をギラギラさせてぎゃーぎゃーわめいている夫に（痛くもない）腹をさすられているという事態への移行は。生の世界に戻ってきた彼女がまず感じたのは、軽い失望の念にほかならなかった。

それにしても、危なかった。あそこで僕が必死になって妻の体を揺さぶりギャースカその名を呼んでいなかったら、妻はおそらくあのままお花畑にとどまり、要するに死んでいたであろう、というのが我々二人の見解である（実は案外、トンチンカンに腹をさすったのが功を奏したのかもしれない。Who knows?）。

そしてもしあそこで妻が死んでいたら、その後の僕の人生はどうなっていただろう。尋常な死に方ではないから、まず警察の取り調べが行なわれたであろう。死因が解明され、とりあえず殺意はなかったことが明らかになって、ひとまずは無罪放免ということになっただろう。大学教師の妻、ということで新聞の死亡欄にも載っただろうか。死因はどう書く？　右太腿打撲によるショック死？　これは怪しい、と三流ジャーナリズムが目をつけて調査に乗り出し、その結果判明した我々の私生活のあまりの退屈ぶりにうんざりしながらも、僕の派手な女性関係とか女子学生たちの憧れの的であったこととか、ないことないこと書き立てたかもしれない。まあそこまで行かなくても、大学内で「実はね……」とまことしやかな「真相」が流通し、同僚たちの視線が何となく冷ややかになって、無言の圧力に屈して僕は追われるように大学を去ったかもしれない。文筆業で食っていこうにも、陰湿な殺人者かもしれない男、というじめじめと暗いイメージはますます広がっていき、そうなると出版界なんてのは実に狭い業界であるからしてあっというまにそれが共通認識として定着し、エッセイの依頼も翻訳の依頼もバッタリ来なくなる。こうなりゃ仕方ない、と昔とった杵柄《きねづか》で受験産業への復帰を企てるものの、「いつ人殺し呼ばわりされるか」とびくついている気持ちは授業にも確実に反映し、「あの先生、暗い」と生徒の人気は芳《かんば》しくなく、「元東大助教授」の肩書きもむなしく（ここが受験産業の大学産業より健全なところだ）あっさりクビ。肉体労働をやろうにも、なまくらな肉体は普通人の十分の一も役に立たず……かくして僕は、殺意なき膝蹴りがもとで、悲惨な末路をたどったことだろう。

――と、その後に起きえた事態をあれこれ口に出して検討していると、それを聞いていた妻が、「あのさ、最愛の妻を失って、悲しみのあまり男は仕事も手につかず、毎日泣いて暮らしました、とかいう可能性はないわけ?」と言った。

そっかー……そういう線もあるのかー……。

考えもしなかった。

(1995. 10)

目について

His Eyes Were Open

人であれ動物であれ、生き物がすやすや眠っている姿を見るのはよいものである。自転車で町を走るときも、何か所か定点観測地点が決まっていて、よしよし今日もあの犬は／猫は／おばあさんは気持ちよく眠っているな、と確認してから先へ進む。

特に、犬や猫が、腹を下につけるのではなく、体を横にして世界に腹をぼろっとさらして眠っているのを見るのはよいものである。僕の住む六郷地区は、どうもほかの地区に較べて、そういう犬や猫が多いような気がする。空気は汚いし、うるさいし、人間の住環境としてはそんなにいいとは思わないのだが、犬猫には案外住みよいところなのだろうか。それとも、このへんの犬猫は（人同様に）よそに較べてだらしないのだろうか。

飼ったことがないので、犬や猫の寝苦しそうな顔や、つらそうに眠っている顔というのは、まだ見たことがない。子供のころ飼っていた亀が、死に際、どこか切なげに顔を歪めていたような気もするが、これはたぶん記憶による捏造だろう。

人間の寝苦しそうな顔をやたらと見たのは、学生のころだ。誰かのアパートとか、寮とかで、ザコ寝状態で寝ることが多かったからである。なかには、どんなに劣悪な環境でも熟睡できるために「夢之丞スヤ彦」とあだ名された奴もいたが、たいていは狭いし寒いし（あるいは暑いし）飲み過ぎだったり三十時間ぶりにとる睡眠だったりで、みんなロクな寝顔をしていなかった。寮で一緒に住んでいた一人の男は、きちんと蒲団に入って寝ても、眠るとかならず両手を蒲団から外に出し、苦しそうに口を開けてうんうん唸って眠っていた。その男はキリスト教徒だった。なんだか迫害された殉教者になった夢でも見ているように見えた。

僕自身も、実はロクな寝顔をしないらしい。眠りにつくまでは、おおむね右を下にして横になっているのだが（これは中学のとき社会科の教師に、「左を下にして寝ると心臓に悪い」と言われて以来癖になった）、いったん寝つくと、上を向いて、枕から落ちて、気持ちよさそうでも悪そうでもなく、丸太か死体のように無表情に転がって寝ていると僕の同居人は言う。当の同居人はおおむね、ふんわりと蒲団にくるまれて、蒲団の精のように安らかに眠っている。

実際に見たことはなくて、話に聞いただけなのだが、ぜひ見てみたいのが、目をあけたまま眠る人間である。これは高校の物理の先生から聞いた（こうしてみると、僕はけっこう教師の話をよく聞く生徒だったのだろうか。でも中学の社会科教師にしろ高校の物理教師にしろ、社会科や物理について何を教わったかは全然覚えていない）。この教師はある友人と同じ部屋に泊まることになり、夜中にトイレへ行きたくなったのだが、何せ慣れない部屋だし真っ暗だし、どっちへ行ったらいいのかさっぱりわからない。幸い電灯スイッチの紐のありかは覚えていたので、はた迷惑と思いつつも紐を引っぱると、両目を大きく開いたまま横たわっている友人の顔がこっちの目に飛び込んできた。ぎょっと驚きながらも、起こしてしまったかと、「すまんすまん、暗くてわからんものだから」と言い訳したが、何の反応も返ってこない。驚きは恐怖に変わった。ひょっとしてこいつは死んでいるんじゃないか、そう物理教師は思ったのである。開いている目の前で手を振っても、何の反応もない。オー・マイ・ゴッド、こりゃ大変だ。と思ってしばし立ちつくしていたら、開いた目の下あたりから、すうすう寝息が聞こえてくる。見れば、胸も軽く上下しているではないか。翌朝訊《き》いてみたら、「うん、そうなんだ、開けて寝るんだよ、目。別にそういうつもりじゃないんだけどさ」と相手はこともなげに答えたのだった。

目を開いて横たわっているから死んでいる、と物理教師は思ったわけだが、人前に出す死体は目を閉じてやるのが普通である。西洋ではかつて、死者が目を開けているのは、あの世に連れていく仲間を探しているしるしとされ、視線を断ち切るため目の上にコインを（三途の川の渡しの通行料もかねて）載せることが多かったという。

　僕の父親が亡くなったとき、息を引きとる二十四時間くらい前から、目は開きっぱなしだった。ついに呼吸が止まったとき、いちおう閉じてやろうとはしたのだが、硬くなっていて閉じそうになかった。それに実のところ、父の目は、あっちの世界にじわじわ移行して行くにつれてだんだん澄んでいくように見え、息絶えたときには正直言ってなかなかカッコよかったので、あまり無理に閉じる努力も我々息子たちはしなかった。なんだかもったいないように思えたのである、閉じてしまうのは。

　かくして、家に連れて帰っても、父の目はぱっちり見開いたままだった。真っ先にお線香を上げに来てくれた近所の人がぎゃっと肝をつぶして以来、我々は誰か来るたびに、「目、開いてますけど、驚かないでくださいね」と警告する破目になった。なかには、あたかも我々が意図的に父の目を開いたままにしたかのように憤慨した様子の人もいたが、たいていの人は、開いた目と、父が好きだったチェックのシャツとオーバーオールのジーンズ（これも葬儀屋さんに言ってよく見えるよう蒲団を下げ気味にしてもらったを、ふうん、こういうのもアリか、と珍しがってくれた（少なくとも、珍しがろうとしてくれた）。

開いた目とオーバーオールの相乗効果で、父はなんとなく、死体というより等身大の蠟人形のように見えた。絶命直後は潤んでいた目がだんだん乾いてくると、ますます人形っぽくなっていった。その目は、生前の父の目とはちょっと違っていた。僕は誰からも母親似だと言われ、父親には似ていないと言われるけれど、その乾いた父の目は、僕の目に少し似ていると近所の人に言われた。

（1999.6）

あの時は危なかったなあ

Phew!

僕は英語の本を読むとき、声に出して読むことが多いです。その方が頭に入るし、たとえ自分の下手な発音でも少しは聞き取り能力向上に役立つかもしれないと思うからです（どうやら全然役に立ってないことが明らかになりつつありますが）。

電車に乗っているときなどにそれをやると、気味悪がって離れていく人も多く、ゆったり座れて好都合だったりもするのですが、あるとき、この習慣のおかげで、危ない目に遭いそうになったことがあります。

午後真ん中ごろの京浜東北線に乗ったら、パンチパーマに黒眼鏡のヤーさん風の男の人が立っていて、スマホを操作しているのですが、機械の調子が悪いのかうまく操作できないのか、とにかく彼はたいへん機嫌が悪く、まずはその怒りを機械にぶつけて、スマホを金属の手すりにガンガン叩きつけはじめました。

……というあたりまでは僕も電車に乗り込んだ際に見たのですが、その後は本に没頭し、ジョゼフ・コンラッドの入り組んだ英文を音読して別世界に行っていました。ところがじきに、「うるせぇ、黙って読め！」とおっかない声が飛んできました。どうやら機械だけではヤーさんの不機嫌解消に不十分で、僕にも怒りが飛んできたわけです。

それで僕は「あ、すいません」と謝り、声を出すのはいちおうやめましたが、何しろコンラッドの文章はきわめて複雑で、目だけでは不十分なので、声は出さぬものの唇だけは相変わらず動かしていました。

そうやってコンラッド・ワールドに浸っていたので僕は全然気づかなかったのですが、電車の中で声を出して本を読む人間の同類と思われたくないので一メートルばかり離れて乗っていた妻によれば、ヤーさんはそういう僕を、非常に不機嫌そうに、かつ悔しそうに見ていたそうです。なぜ悔しいかというと、おそらくこのヤーさんは非常にフェアな人だったからです。こいつをぶん殴ってやりたいが、ただ黙って唇をぱくぱく動かしている人間を殴るのはフェアじゃない、だけどこいつがまた声を出したらすぐにぶん殴ってやるぞ、うーんだけど黙ってるな、悔しい……そういう表情がありありと読みとれ、唇がわなわなと震えていたそうです。

目的駅に着くまでの十五分程度、僕がふたたび声を出さなかったのは単なる僥倖《ぎょうこう》と言ってよく、いつまた声を出して、ヤーさんのスマホと同様の運命に遭っていたとしても不思議はありませんでした。ほんとに危なかったです。

（2017.4）

そうなったら、なぜ、とは問うまい

No Finger-Pointing, Please

自分はなぜこんなに不幸なんだろう、と問う人と、なぜこんなに幸福なんだろう、と問う人とどちらが多いかといえば、たぶん前者の方が多いだろう。なぜ、という問いは、現状の何かが好ましくないときに生まれる。人間、たいていの場合、現状の何かが好ましくないのだ。

なぜ、という問いに答えを与えようとして人は物語をつくる。幸せのなかに物語はない。「二人はいつまでも幸せに暮らしました」でおしまい。不幸のなかにこそ、物語はある。

そのことを僕が実感するのは、横浜 DeNA ベイスターズが負けたときである。ベイスターズが勝つと、なぜ勝ったんだ、とは問わない。かならずしも強いチームではないので問うことにある程度の妥当性はあるのかもしれないが、とにかく問わない。しかし、負けると、なぜ負けたのか、と試合終了後に問いはじめ、あそこのピッチャー交代が間違いだったのだとか、あのファウルフライを誰それが取りそこなったところから流れが変わったのだとか、何が敗因だったかを追及し、誰の責任かを特定しようとする。

勝ったときも、あのホームランがよかったなあ、あのファインプレーがピッチャーを助けたなあ、等々ふり返りはするけれど、勝因を「特定」したいとは思わない。

要するに、勝っても「物語」をつくる気にはならないが、負けると「物語」にしたがる。それも、誰が「悪者」であるのか明快である物語に。

僕がいちおう専門にしている外国文学の業界内では、出来あいの物語から離れることこそ文学の役割だ、みたいに考える風潮があって、僕もそれは基本的に正しいと思っている。だからたとえば、映画『マンチェスター・バイ・ザ・シー』を観ると、いくらでも明快な物語にできそうなところを、そうしないところがいいなあ、と思うし、上映中の『パターソン』も、物語的に見ていかにも何かが起きそうなところで起きない箇所がいくつもあって、さすがはジム・ジャームッシュ、と感心する。

ベイスターズが負けて明快な物語をつくりたがる自分と、『マンチェスター…』等の物語回避を肯定する自分。どちらがより深い層に属しているかといえば、間違いなく前者である。後者はしょせん勉強して獲得したものであり、いつ剝げ落ちるかわからないが、前者は自分の内にしっかり染みついている。

というわけで、ベイスターズのファンである限り、「人を指さすのはやめた方がいいですよ」と言いつつしばしば相手を指さす首相や、You're fired!（お前はクビだ！）と叫んで人を指さすポーズで知られる大統領を批判する資格が自分にないことが確認されるわけだが、とはいえ、もし今後、多くの国民が首相を指さすようになったり、大統領に向かってYou're fired! と叫ぶようになったら、僕としては、なぜ、と問うたりはせず、静かにその事態を歓迎したいと思うのである。

（2017. 10）

ジェネリック

The Return of the Uncanny

「ないものへのメール」という執筆依頼をいただき、いなくなった人、なくなった物に向けて／について書く機会を得て、まず思ったのはトマス・ジェファソンかエイブラハム・リンカーンあたりを呼び出して「この大統領なんとかしてくださいよ」と頼み込むとか、日本の首相をなんとかしてもらうためには誰を呼んだらいいか、といったことだったが、これってそういう恐山《おそれざん》みたいな話じゃないよなと思い直し、あらためて考えてみると、かつての友人とか恩師とか、わが人生において大切だった人たちのことも思い出されないわけではないのだけれども（ワープロソフトに「否定の連続」と否定されたが無視する）、と同時に、以前にはそこらじゅうで日常的に見かけたのに今はなくなった品々などもアタマに浮かんできて、具体的にはたとえば、魚屋の天井から吊されていた蠅取り紙とか、バスの車掌さんがみんな首から提げていた蟇口《がまぐち》の親玉みたいな鞄とか、朝日ソノラマという会社からたくさん出ていたぺっらぺらのソノシート（若い人のために説明すると通常の盤よりずっと薄くてだいぶ安価だったレコードで、雑誌の付録なんかにもよくあった）とか、なんだか要するに昭和ノスタルジーみたいな話になってしまいそうで（あ、でももうひとつぺっらぺらの、いま思うと「ディスク」とは呼びがたい五・二五インチのフロッピーディスクなんかは平成に入ってもまだあった）、そういう事物に向かってこちらの現在の悩み事困り事（階段を上がると息切れが……）を聞いてもらうというのも、面白いかどうかは疑わしいが案外本人にとっては実用的効果があるんじゃないかという気もする一方、翻って思うに、こうやって自分の記憶の中にそれなりに残っているものを真の意味で「なくなったもの」と呼んでいいのか、誰か一人の記憶の中で生きつづけている限り何人《なんぴと》も何物もいなくなって／なくなってはいないのではないか、と一般論を唱えたくなったりもして、だいたいこの歳（六十三、すなわちビートルズの“When I'm Sixty-Four”で歌われている年齢まであと一年、というか正確には六か月未満で、中学生のとき初めてこの歌を聴いたときは自分には関係ない話であって「僕が六十四歳になるわけはない」と無根拠に断定したものだがむろんその断定は無根拠だった）になると、アタマの中に入っているのは今いる／あるのではない者／物がほとんどであって、逆に、今いる／あるものは本当にいる／あるのか、と反対方向の問いかけに走ってしまいたくなるほどであり、当然そこから、今僕は本当にいるのか、という問いまではほんの一歩なのだが、実は後者については、いやこの息切れは本物だ、とか、この膝の痛みはどう考えたって「ある」ぞと確信できて、存在論的不確かさは身体的劣化によってあっさり否定され、結局そうした似而非《えせ》哲学的脱線も無駄骨に終わるので、仕方なく真の意味でなくなったものの問いに立ち返ると、やっぱり本当になくなったものとは記憶からもこぼれ落ちてしまったもののことではないかという気がだんだんしてきて、そうするとそれは記憶にないものなわけだから、それに向かって語りかけようにも当然何に向かって語りかけたらいいかわからないわけで、ならいっそ「記憶からこぼれ落ちたもの全般」に向けていわばジェネリックに語りかけるのはどうか、とアイデアとしてはわりとすぐに浮かぶので、じゃあジェネリックな語りかけってどんなだろう、と考えて「ぼくの記憶からこぼれ落ちてしまったみなさん（人・物・概念等すべて）へ　みなさんのことを記憶から失ってしまい申し訳ありません。ぼくとしてはみなさんすべてを覚えていたいのですが、なにぶんメモリに限度がありまして、一定期間アクセスしないデータはいつのまにか消去されてしまうみたいなのです。でもフロイトを信じるならすべての記憶は無意識のなかにひそんでいていずれ回帰します——特に『不気味なもの』は。みなさんが回帰されるのを心待ちにしています。「柴田元幸」とアタマの中でタイプし、送信タブをクリックした。

(2018. 4)

［音楽的休憩１］チャック・ベリー

Chuck Berry

五〇年代ロックンロールの二大巨人といえば、たぶん誰もが間違いなく、エルヴィス・プレスリーとチャック・ベリーの名を挙げるだろう。だが、この二人ほど対照的な存在も珍しい。

エルヴィス・プレスリーは一貫して、〈エルヴィス・プレスリー〉という一人のセクシーな男を演じつづけた。「やさしく愛して」と歌おうが、「お前はただの猟犬《ハウンド・ドッグ》さ」と歌おうが、「君が欲しい、君が必要だ、君を愛している」と歌おうが、要するにエルヴィス・プレスリーが歌っていたのは、〈エルヴィス・プレスリー〉という物語だった。プレスリーの歌はどこまでも一人称的だったのである。

チャック・ベリーは逆だ。彼はつねに三人称の物語を歌った。〈チャック・ベリー〉という物語は、そこではほとんど無関係だ。遊びたくて仕方がない十六歳の女の子の想いを歌い（「スウィート・リトル・シックスティーン」）、まったくこんな暮らしやってらんないヨとボヤく男のイライラを歌い（「トゥー・マッチ・モンキー・ビジネス」）、あるいは若者文化のシンボルになりつつあったロックンロールという音楽自体を歌う（「ロックンロール・ミュージック」）。何を歌うにせよ、チャック・ベリーはあくまで物語の語り手であり媒介であった。

もちろん、語り手が自分自身の物語を語ることだってあるわけだが、そういうときも彼は自分を三人称化してしまう。たとえば、成功を夢見るギター少年を歌った「ジョニー・B・グッド」は、ニューオーリンズの街じゅうに自分のポスターが貼られているのに感激して書いた歌だが、結果としてでき上がったのは、個人的感慨をそのまま語ったというより、それをはるかに超えた伝説的存在を歌った歌だ。実際、いまやアメリカ的な想像力のなかで、ルイジアナの片田舎でギターを弾きまくるジョニー・B・グッド少年は、リップ・ヴァン・ウィンクル（アメリカ版浦島太郎）やデイヴィー・クロケット（開拓時代の英雄）と同じ神話的リアルさを持っていると言って過言ではない。たとえ自伝的な内容であっても、つねに自分自身より大きな物語に広がるところが、チャック・ベリーならではの魅力である。

それまでの黒人音楽は、ジャズにせよブルースにせよ、基本的には、黒人であるこ

との苦悩を歌う音楽だった。男女の愛を歌う歌でも、白人の音楽には感じられない翳《かげ》りなり哀しみなりが伴っていた。たとえばビリー・ホリデイの歌を聞けばそれは明らかだ。さらに極端な場合は、ロバート・ジョンソンのように、女を愛することが、ほとんど地獄に堕《お》ちることと等価のように歌われる。白人のポピュラー音楽に感じられるような、the sense of fun ともいうべき軽やかさを、そこに聴き取るのは難しい。

チャック・ベリーが黒人音楽に持ち込んだのは、まさにこの

the sense of fun だった。五〇年代なかばのアメリカでは、歴史上はじめて「若者文化」が生まれつつあった。そしてこの文化の行動原理は、生まじめな道徳心や政治意識などではなく、楽しむこと、まさしく fun だった。そしてチャック・ベリーは、クルマ、女の子／男の子、パーティーといったこの新しい文化のボキャブラリーをいち早く取り込み、生まれたての文化を生きる若者たちの心情を軽妙に歌ってみせた。ビーチ・ボーイズがその最初の大ヒット「サーフィン・USA」のメロディーをチャック・ベリーの「スウィート・リトル・シックスティーン」から借用したことはよく知られているが、彼らがチャック・ベリー的精神を見習ったことが一番よくわかるのはむしろ、勉強そっちのけでお父さんのクルマを乗り回す女の子を歌った「ファン・ファン・ファン」だろう。

　チャック・ベリーの曲の大半は、スピード感あふれるギターとともにはじまるが、その典型的フレーズにしても、従来のブルースのオープニングにしばしば聞かれる、魂のあえぎをギターで表現したような重たいフレーズを思いっきり軽快に読み換えたものにほかならない。ここでも、〈苦悩〉は the sense of fun に翻訳されている。

　けれども、その the sense of fun に何の翳りも認めないのは、やはり片手落ちと言うべきだろう。デビュー・ヒット「メイビリーン」を出したとき、チャック・ベリーはすでに二十八歳だった。しかも彼は黒人である。白人中流階級の若者たちが謳歌していた豊かな消費文化は、彼には無縁のものだった。意地悪く見れば、ベリーが若者文化を謳い上げたのは、それが「売れ線」テーマであることを抜け目なく見抜いたからだとも考えられる。

だがまさに、個人的な本心を歌わなかったからこそ、チャック・ベリーの音楽に独特の味わいが生まれているともいえる。実は若者文化を馬鹿にしているとか、諷刺しているとかいうのではない。話はもう少し微妙だ。彼の歌いぶりには、何を歌ってもどこかで、ヘイ、これはべつに俺のメッセージじゃないんだぜと言っているような皮肉っぽい響きがある。肯定と否定を同時に含んでしまうような、アイロニーの感覚がそこにはつねにあるのだ（この意味で、チャック・ベリーの最良の後継者はおそらくジョン・レノンだろう）。エルヴィス・プレスリーはどんな陳腐な歌詞を歌ってもそれを本気に聞こえさせてしまう凄味がある。チャック・ベリーの凄味は、何を歌ってもアイロニーが伴ってしまうことだ。サム・シェパードはかつて、ロックを駄目にしたのはドアーズだ、あいつらにはまるっきりユーモアがない、チャック・ベリーにはそれがあった、と言ったが、そのユーモアとはまさにこのアイロニーと不可分のものだ。

一九八六年、ベリー六十歳の誕生日を祝う大コンサートが開かれ、ロックの神様の偉大さが再確認されたことはよく知られているが、神様への敬意を物語るエピソードをもう一つ。一九七七年、宇宙に打ち上げられたボイジャー一号に入っていたレコード盤には、五十五カ国語による挨拶の言葉のほかに、バッハのブランデンブルク協奏曲第二番と、チャック・ベリーの「ジョニー・B・グッド」が入っていた。

（1995. 7）

2.

文化の観察

アメリカにおけるお茶漬の味の運命

This Is It

方向音痴にかけては人後に落ちない自信がある。自分の勤めている大学構内の地理だってロクにわからない。英語教師をしている僕にとって、たとえば「新学期」の気分とは、「正しい教室が見つからない恐怖」に集約される。この恐怖の変型として、「間違った教室で間違った学生相手に授業をやってしまう恐怖」というのもある。どちらの恐怖も、一度ならず現実になった。

アメリカで大学院生をやっていたときに、大学の映研が小津安二郎の『お茶漬の味』を上映するというので、観にいった。英題は、*The Flavor of Green Tea Over Rice*。

例によって上映教室がわからなくてウロウロしていると、やっぱり同じようにウロウロしているアメリカ人の女の子がいて、「すいません、*The Flavor of Green Rice*

Over Tea はどこでやっているか知ってます?」と訊かれた。いや実は僕も探してまして、と答えてから、あれ?と思った。Green *Rice* Over *Tea?* 反対ではないか。それじゃまるで、スープ皿か何かに入った、ぬるいお茶の上に、ブヨブヨになった緑色の米(そんなものないけど)がプカプカ浮かんでいるみたいだ。

何だかものすごくまずそうである。

だが考えてみれば、Tea Over Riceだろうが Rice Over Teaだろうが、大して違いはないともいえる。もちろん前者が「正解」ではあるが、それが伝えているのは、いわば「ライスのグリーン・ティーがけ」という正体不明の食べ物であって、「お茶漬」ではない。「お茶漬」という日本語に付着している、独自のニュアンスが伝わらないことに変わりはないのだ。

ご存じの通り『お茶漬の味』は、仲の悪かった夫婦(佐分利信と木暮実千代)が結末で和解し、和解の儀式として二人でお茶漬を食べる、という映画である(というとおそろしくつまらない映画に聞こえますが、そんなことはありません)。「お茶漬だよ」と、さも美味そうに食べながら夫は言う。「夫婦はこのお茶漬の味なんだよ」と。お茶漬の味こそ、夫婦のあるべき姿の象徴というわけである。

この「お茶漬だよ」の部分の英語字幕は、"This is it."になっていた。「これだよ、これ」である。なかなかの名訳というべきだろうが、そのかちっとした単純明快な響きは、夫を演じた佐分利信のもっそりした感じとはいくぶんズレていて、つい笑ってしまった。

さて、アメリカ人の夫婦が、長いあいだの不和の末にようやく和解にたどり着いたとしたら、何を一緒に食べるだろう? いかなる食物の味を嚙みしめながら、夫は“This is it.”と呟くだろう?

この問いは単純なようでいて、実は仮定そのものにかなり無理がある。まず第一に、たいていのアメリカ人夫婦は、「長いあいだの不和」なんかを耐え抜いたりはせず、さっさと離婚してしまうだろうし、日本人夫婦が「ようやく和解」にたどり着くころには、夫婦ともども、再婚相手ともとっくに離婚してしまっているにちがいないからだ。

第二に、かりに劇的なる和解にまでたどり着いたとしても、彼らアメリカ人はおそらく、食べることでそれを確認するといったような「儀式」を介在させたりはせず、たとえば力一杯抱きしめあうといった、より直接的な表現行為に訴えるだろうからだ。

そのような無理をひとまず措くとすれば、和解に到達したアメリカ人夫婦が一緒に食べるのは、やはりサンドイッチではないだろうか（気をもたせたわりに平凡な答えですみません)。手を取りあって二人で真っ暗なキッチンへ行き、明りをつけて、冷蔵庫のなかを物色し、特大のサンドイッチを作るのだ。そしてこれはアメリカのサンドイッチにおける常識であるが、中身の厚さが上下のパンの厚さの和より少ないようなことがあってはならない。お日様が透けて見えるようなハムを一枚はさんだだけの食物は、サンドイッチの呼称に値しない。

そして飲み物。コーヒーでもいいが、ここはやはりコカ・コーラに登場願いたい。というとペプシ関係者に怒られそうだが、アメリカ国民の象徴としてのパワーとなると、どうしてもコカ・コーラである。

そのことがはからずも証明されたのは、数年前にコカ・コーラ社が創立以来ずっと同じだったコーラの成分を変えて、全米の消費者から抗議が殺到したときであった。その抗議というのが、単に味が悪くなったとかいう次元ではなく、コカ・コーラはアメリカのシンボルであって、アメリカ人のアイデンティティの拠りどころなのだから、それを勝手に変えるのはアメリカ人のアメリカ性を否定することにほかならない、というようないわば形而上学的次元における抗議だったのである。抗議者たちによって「全米旧コーラ愛飲者連盟」も結成され、議論の熱しようたるや、ウォーターゲート事件の際の、大統領は国民自らが選んだ代表なのだからどんなことがあっても辞めさせるべきではない、という議論をさえ思い出させた。アメリカにおいてコカ・コーラとは、大統領と同じ真剣さをもって論じられるべき、きわめて象徴的な存在なのである。

コカ・コーラが誕生したのは一八八六年、一世紀ちょっと前のこと。当時の新聞の広告には、「頭の働きを促進する知的な清涼飲料水、コカ・コーラをどうぞ」とある。そういえば日本でもひところ、○○を食べると頭が良くなるといったたぐいの伝説がいっぱいあった。

それにしても、「*The Flavor of Green Rice Over Tea* はどこでやってるか知ってます?」と僕に訊いた女の子は、いったいどんな食べ物を思い描いていたのだろう?

(1988. 6)

甘味喫茶について

Mashed or Smooth?

甘味喫茶では、誰もが真剣に注文する。普通の喫茶店みたいに、おしぼりで顔をごしごしやりながら「俺ホットね」とか言ったりはしない。みんな両手で品書きを握りしめ、おしるこ系あんみつ系ところてん系抹茶系それぞれいくつもバリエーションを備えた選択肢を、一つひとつ仔細《しさい》に検討する。そしてひとたび食べ物が出てきたら、みんなとても真剣に食べる。スポーツ新聞を読みながら片手間に食べたりはしない。甘味喫茶では、人は食べ物と本当に対峙《たいじ》する。

甘味喫茶は、とても混んでいるか、とても空《す》いているかのどちらかであるように思える。混んでいるのはたいていオフィス街にある店で、客の大半は会社勤めの女性たちである。勤め帰りの時間に行くと、そういう店はおそろしく盛り上がっている。女性たちは楽しそうに食べ、喋《しゃべ》り、笑っている。糖分だけであれだけ盛り上がれるのはすごい。アルコールなしで盛り上がれるのはいいことである。

甘味喫茶で空いているのは、住宅地にぽつんと建っている店などである。こういう店は概して静かで品がよく、店内の調度品や食器も趣味がいい。給仕をしてくれるのも、たいていは着物姿の上品な中年女性である。お金を払おうとすると、「あらまあよろしいんですのよお金なんて」と言ってくれそうな雰囲気さえあるがさすがにそうは行かない。甘味喫茶といえども資本主義から自由ではない。

甘味喫茶では音楽も控え目の音量で、たいていは琴か何かの、耳あたりのいい音楽である。確かな個性、というようなものではないが少なくとも最悪の選択ではない。「ツーホット」とか「レティワン」とかいった愛しづらい日本語を聞かされることも比較的少ない。

甘味喫茶を仕事に使う人はめったにいない。「私ども一応ですね、ただいまこちらが、あの一応、重点キャンペーン地域ということになっておりまして、それでまあ、ぜひですね、サンコーさんにもひとつご協力いただければと」とか「こちらとしても、慈善事業で横島さんにご融資したのではないわけですよ」とかいった会話も聞かずに済む。

甘味喫茶で唯一《ゆいいつ》困るのは、あんみつのあんがつぶあんではなくこしあんであることが多いことだ。しかも、つぶあんとこしあんの違いに関して甘味喫茶関係者はしばしば無自覚である。「あんみつのあんはつぶあんですかこしあんですか」と訊《たず》ねると、まるで「おたくのトイレのトイレットペーパーはシングルですかダブルですか」とでも訊《き》いたみたいな顔をされることがある。が、仙台にある某人気甘味喫茶では、つぶあんとこしあんを選ぶことができる。しかも、黒蜜《くろみつ》と白蜜を選ぶこともできる。初めて行ったときは夢かと思った。

甘味喫茶で、つぶあんのクリームあんみつを、ゆっくりと、しかしアイスクリームが融《と》けてしまわぬだけの速度をキープし、アイスとあんのバランスを考えつつ、かつ最後にかんてんばかり残ってしまわぬよう配慮しながら食べる。それは日本におけるカフェ文化の最良の具体的実践のひとつである。

（1994. 9）

聞こえる音、聞こえない音

I Love the Subway - It's So Quiet!

ジャズ・ギターの名手といえば、ジャンゴ・ラインハルト、チャーリー・クリスチャンあたりがまず思いつくが、彼ら巨匠に加えて、カウント・ベイシー楽団にいたフレディ・グリーンも僕は大好きである。ジャズ・ファンの方々には言うまでもないことですが、フレディ・グリーンは生涯リズム・ギターに徹した人である。どんな曲でも、一小節に四拍の和音を、微妙に強弱を変え繊細な陰影をつけながらひたすら刻みつづけ、ベイシー楽団の躍動感あふれるリズムを下から支えた。

一説によると、フレディ・グリーンは実はソロ・ギターも見事な腕前で、実際ステージでは、友人のチャーリー・クリスチャンにもらったアンプを使ってソロを弾くこともあった。ところが、グリーンがソロにまわったとたん、リズム・セクションは一気に弱体化し、バンドはメロメロになってしまう。そこでメンバーたちは、グリーンにソロを弾かせまいと、アンプの電源プラグを抜いたり、配線を切ったり、何かと妨害を加え、しまいにはアンプの中身をカラッポにしてしまったので、グリーンもあきらめてリズム・ギターに徹するようになったという（Bill Crow, *Jazz Anecdotes* より。ただしビリー・ホリディ一九三八年録音の「オン・ザ・センチメンタル・サイド」では、グリーンの渋いソロ・ギターをつかのま聞くことができる）。

ポピュラー音楽で職人的仕事というとやはりリズム・セクションだが、そのなかでもドラムスやベースはしばしばソロも取り、それなりに舞台の前面に出ることがあるのに対し、リズム・ギターのソロ、というのはまずめったになく、ドラムスやベース以上に裏方に徹さざるをえない。ロックのリズム・ギターとなると、誰もその存在すら気にかけないことが多い（ビーチ・ボーイズのアル・ジャーディンのリズム・ギターのテクニックを、誰が問題にするだろう？）。フレディ・グリーンがそういう目立たない職務をコツコツ続けることによって、華やかなソロ・パフォーマーたちに劣らぬ名声を得たというのは、実にすごいことだと思う。

でも僕がフレディ・グリーンのリズム・ギターについつい耳を傾けてしまうのには、もう少し個人的な理由もある。僕は小学校六年くらいからレコードを聴いているが、真空管一本のポータブル電蓄からはじまって、古いラジオを分解して作ったボロの真空管アンプで聴いていた時期が長く、その後もオーディオ装置にお金を使うのが何となくもったいなくて、ハイファイというには程遠い音でずっと音楽を聴いていた。であるからして、バスドラムは当然穴があいていたし、ベースもたいていは昼寝していて、リズム・ギターはつねに失業中。みんながみんな、ソロを弾かんとするフレディ・グリーンのような目に遭っていた。それが何年か前に、やっと人並のアンプとスピーカーを買い、いままで十数年潜伏を続けていたリズム・セクションたちの音が聴けるようになったのである。これは嬉《うれ》しい。その嬉しさを一番実感できるのが、フレディ・グリーンの小さな、微妙にして繊細なリズム・ギターの音が聞こえてくるときなのだ。まことに非芸術的な理由で申し訳ないのだが、僕がフレディ・グリーンのリズム・ギターを好むのは、自分がちょっぴりリッチになったことに対する小市民的満足が一因でもあるらしい。

＊

話変わって、十年くらい前、ウォークマンが一般化しはじめたころ、通勤客たちから、あのシャカシャカという音は実にやかましい、何とかならんのか、という苦情が続出した。さすがは日本の優秀な家電技術、音もれの少ないヘッドフォンが開発されたりして問題はある程度解決したわけだが、僕はこの苦情にひどく驚いた。そりゃたしかに、金属的な高音が耳元で鳴るというのは愉快じゃないだろうけど、そもそも電車（特に地下鉄）の車両全体が立てるあの轟音《ごうおん》はどうなんだ？

もちろん、片方は「必要悪」であり、片方は「贅沢《ぜいたく》」にすぎないという違いはある。それでも、異星人の視点から見てみれば、地下鉄の騒音が耐えられて、ウォークマンのシャカシャカが耐えられないというのは結構不思議な話である。英語でいう the last straw（ロバが必死に重荷に耐えているところへ、あと一本ワラを積んだらとうとう限界を超して倒れてしまった、というイメージ）というやつだろうか？　それとも、自分はじっとスシ詰めの不快に耐えているのに、隣でキモチよく音楽に酔っている奴《やつ》がいると思うとムカムカしてくるのだろうか？　あるいは、ウォークマンを聴いている人間から感じられる、まわりの人間の存在を暗に否定するような態度が、満員の車内をかろうじてまとめ上げているひそやかな連帯感を壊すことに憤《いきどお》るのだろうか？

まあ他人が腹を立てる理由を邪推してもはじまらないが、いずれにせよ、ウォークマンの音にあれだけ文句を言うのに、「地下鉄の音がうるさい。何とかならんのか」とは誰も言わないのは不思議である。有難くも毎日満員電車に乗らなくてすむ幸運な境遇の人間が愚考するに、おそらく、あの轟音が「聞こえる」ようでは通勤なんてやってられないのだろう。聞こえるか、聞こえないかは、単純に音圧レベルの問題ではないのだ。

地下鉄は電車よりやかましく、電車は馬車よりやかましく、馬車は徒歩よりやかましい。筆記具だって、音に限っていえば、ファンがブンブンやかましいコンピュータより万年筆のほうがハイテクだ。昔の人には騒音でしかなかった蒸気機関車の音は我々には郷愁の対象である。こうしてみると、テクノロジーの変化は、音に関する限り、進歩ではなく退化ではないかと思えてくる。そういえば最近、ＣＤよりレコードのほうが音がいいという議論がじわじわ力を得つつあるが、この説に賛同するにせよしないにせよ、我々はすでに、レコードの音を、ＣＤの「人工」に対する、ほとんど「自然」として考えはじめている。

（1994. 10）

そして誰もいなくなった

And Then There Were None

何年か前までは、毎年夏になるとテレビに国民的女性歌手が出てきて、「緊張の夏」を日本全国に向かって説いていたものであるが、個人的な好みを言わせてもらえば、できることなら「緊張の夏」は遠慮したく、やっぱり「リラックスの夏」でいきたいものだと思う。

何をすれば「リラックスの夏」になるのか、これはいろいろ考えられるわけだが、まず、仕事のあとのビール、なんてのもいいと思うものの、ビールは僕の場合一年中のべつまくなしに飲んでいるので、特に「リラックスの夏」に固有の表象というわけではない。あるいは、照りつける太陽の下、プールサイドでごろんと横になる、なんてのもいいなと思うのだが、四十代ともなると、もともと無いに等しかった体力の減退は隠すべくもなく、その上泳ぎが下手で動きにやたらと無駄が多いので、ちょっと泳いだだけですぐ疲れてしまい、ごろんと横になるときには息はすでにハアハア切れていて、「リラックス」と呼ぶにはいささか呼吸がせつない。

となれば、やっぱり、「山盛りを　ひとかけたりとも　こぼさじと　そろそろ匙さす　かき氷かな」（我ながら下手な歌だなあ）、これである。子供のころはもっぱら氷イチゴだったが、大人になってからは氷イチゴミルクに進化した。ミルキーをはじめとする加糖れん乳製品を僕が好むことはよそでも述べたが、ここでもれん乳への愛が露呈している。

アメリカで一年暮らしたとき、かき氷が食べられず発狂寸前まで至り、というのはウソだが、ああ食べたいなあとずっと想っていたのは事実で、冬の休暇で南部のニューオーリンズへ行くことになって、ニューオーリンズなら冬でも「スノーボール」（最近日本でも縁日などで見かける、紙コップに入れた球形かき氷）が食べられると聞いて期待に胸をふくらませて出かけたものの、たしかに十二月でありながら大学のキャンパスで女の子がビキニで日光浴しているくらいの暖かさなのに（あんな気候で勉強なんかするわけないよな）、なぜかスノーボールはなかなか見つからず、やっと公園でスノーボール売りのバンを見つけた日はたまたま異様に寒い日で、ガチガチ歯を震わせながら食べたスノーボールは、成り行き上、うまいのだと自分に懸命に言い聞かせたものの、当然ながらそんなにうまくはなかった。

やっぱりかき氷は日本の夏に限る、と言いたいところだが、実のところたとえば東京で夏に街を歩いていて、青と白の地に赤で「氷」と書いたのれんはしょっちゅう見かけても、「食べよう！」という気になることがめったにないのは言うまでもなくほとんどの店は冷房が効いているからで、まったく何だってブルブル震えるくらい寒い店でかき氷を食わなきゃならないのか、実に頭にくる話であり、炎天下で鍋物をつつくのと同じくらいナンセンスじゃないかよと思ってしまうのだが、考えてみればこっちはいつもTシャツに半ズボンにサンダルという格好、暑けりゃ授業だって半ズボンでやってしまう気楽なチンピラ教師であって、きちんとネクタイにスーツを着てなけりゃお得意さんに「なんだこいつは」と白い目で見られかねない営業関係の人たちに言わせれば、こんな文句なんて、お気楽極楽いい気なもんだ、ということになるのだろう。

それにしても、まあたとえば朝の満員電車なんかは冷房のない時代みんなよく我慢してたよなと思わずにはいられないものの、ちょっと窓を開ければよさそうな状況にいたるまで、屋内空間という屋内空間すべてかならず冷房が効いている。何もべつに、日本男児たるもの心頭滅却すれば火もまた涼し、たかが摂氏三十数度くらいで弱音を吐いてどうするのか、などと精神論を説くつもりは当方にはまったくない。そもそも『大辞林』の「心頭滅却すれば火もまた涼し」の説明には、「一五八二年甲斐国の恵林寺が織田信長に焼き打ちされた際、住僧快川《かいせん》がこの偈《げ》を発して焼死したという話が伝えられる」とある。涼しくたって、焼死してしまうんじゃ仕方ない。

とはいうものの、生理的にたまたまクーラーがそれほど好きでない人間からすると、エネルギーがもったいない、外がかえって暑くなるんじゃないか、と余計なことばかり考えてしまう、日本全国津々浦々何とも徹底的な冷やしぶりである。エアコンがまだ「ルームクーラー」と呼ばれていて、名前は聞いたことがあっても実際に見たり体験したりしたことのある人間はごくわずかしかいなかった、誰もが平等に暑さに耐えていた「悪平等」の時代が、ほとんどなつかしくさえ思えてくる。

かつては「扇風機の風は体に悪い」とかいう話もあったりしたのに、コンパクト・ディスクの出現後アナログ・レコードの音がほとんど「自然」の側に属すようになったのと同様、扇風機の風なんていまや、エアコンの「人工」に対する「自然」そのものである。僕としても、扇風機の生ぬるい風を浴びながら、氷イチゴミルクをザックザックつっつけるなら大歓迎である。

要するに「自然」と「人工」の線引きなんて文脈の問題であって、今後エアコンを超えるさらにハイテクの冷房器具が発明されたあかつきには、エアコンの作り出す冷気が「自然」そのものに感じられるようになるかもしれない（にもかかわらず、エアコンよりも「不自然」な冷気を作り出すその新しい冷房器具の登場は、ひとつの「進歩」とみなされることだろう）。まあでもそういう発明はとうぶんは現われそうにないから、ひとまず当面は、省エネの声が高まったり何だりで、本音であれ建前であれ「弱冷房推進」の流れが強まることを祈るのみである。

僕が王様になったら、過剰冷房に関する厳格な法律を定め、一定値以下まで温度を下げた人間は死刑にする。この法律を施行する立場にありながらしかるべく施行しなかった人間も死刑にする。もちろん、特異体質などで体温調節機能がうまく働かない人々などについては特例を認め、特例をしかるべく適用せずそのような人々を死刑にしてしまった人間は死刑にする。頭脳労働に従事する人と肉体労働に従事する人では暑さの感じ方が違うだろうから、労働の種類によってそれぞれ違った基準を設け、基準の違いを無視した人間は死刑にする。冷房くらいで死刑にするなんてあんまりだとか何とか文句を言う人間は死刑にする。冷房くらいで死刑にするなんてあんまりだとか何とか文句を言ったくらいで死刑にするなんてあんまりだとか何とか文句を言う人間も死刑にする。そうやってどんどんみんな死刑にしていって、「そして誰もいなくなった」ら、日本も少しは涼しくなるだろう。涼しくなった日本で、クーラーなんかないところで、王様はお腹をこわすまで思いっきり氷イチゴミルクを食べるのだ。

(1996. 10)

文庫本とラーメン

Paperback Ramen

中学・高校のころの読書では、読書感想文を書くための読書、というのが人によってはかなりの比重を占めるんじゃないかと思う。僕自身も、『坊っちゃん』や『こころ』などは、まずは夏休みの課題図書として読んだ覚えがある。

学校や国の教育機関が、「課題図書」を与えて、「感想文」を課す。これは、いいことなんだろうか、悪いことなんだろうか？

読書感想文の功罪ということを考えると、まずたしかに「功」はある。それまで本を読まなかった人が、なかば強制的に読まされたのがキッカケで本の面白さに気づき、その後は自分から進んで読むようになる、という例はきっとあるはずだ（進んで本を読むことはいいことなのか、という問題自体も考え出すと実はよくわからないのだが、ここではひとまず、「自発的な読書は善である」という前提で話を進める）。

けれどその一方で、「罪」も間違いなくある。教師なら誰でも知っているように、どんなにいい本でも、「教科書」とか「課題図書」になったとたん、退屈の爆弾と化してしまう危険がある。強制されて読んではみたものの、やっぱりぜんぜん乗れなくて、読むだけでも苦痛なのにおまけに感想文まで書かなくちゃならなくて、そんなこと言ったって感想なんか何もないよー、もう本なんかコリゴリ！　と、逆に人を本から遠ざけてしまうケースもずいぶんあるのではないだろうか。

そう考えると、「功」「罪」のどっちが重いか、実はけっこう微妙な問題かもしれない。

そもそも、なぜ本だけはいちいち「感想」を持たねばならないのか？　音楽、絵画、映画、ダンス、その他文化的産物はみなそうだが、本もやはり、もっともらしい言葉

（感想）にする前に、まずは「味わう」べきものだと思う。もっといえば、一冊の本を読むというのは、一杯のラーメンを食べるのと大して変わらない行為だと考えたい。「ああうまかった」「ああまずかった」が、「ああ面白かった」「ああつまんなかった」というふうに、言葉がちょっと入れ替わるだけの話である。うまいラーメンは腹を豊かにするが、知的な本は頭を豊かにするし、情熱的な本は心を豊かにし、好色な本は下半身を豊かにする（しないか）。

そして、ラーメンと本の相似性は、特に文庫本を考えてみるといっそうハッキリする。その手軽さにおいても、また値段においても、両者は大いに通じるものがある。人々は、ラーメン屋にふらっと入るのとほぼ同じ気軽さでもって文庫本を手にする。統計をとったわけではないので確かなことはわからないが、いつの時代でも、薄めの文庫本は普通の醬油ラーメンあたりと、厚めのやつはチャーシューメンあたりと、価格的にもだいたい対応しているように思う。ラーメンをする気楽さで、感想文のことなんか考えずに文庫本を読む、これが一番である。

だいたい、「読書感想文コンクール」があるんだったら、「ラーメン感想文コンクール」もあってしかるべきである。これを全国的に行なうには、インスタントラーメンに登場願うべきだろう。日本全国の小中高生が「チャルメラ」なり「出前一丁」なりを「課題ラーメン」として与えられ、それを調理し、食べ、感想を書くのだ。「『出前一丁』を食べてみて、私が一番感動したのは、麺のコシの強さです。食べはじめから食べ終わりまで一貫して失われないその強さを、私も見習って、これからは強く生きていきたいと思います」とかね。これがナンセンスだとすれば、では読書感想文コンクールも時にはほとんど同じくらいナンセンスになっている可能性はないか、考えてみるべきである。

(1995. 6)

［音楽的休憩2］ビートルズ

The Beatles

五〇年代アメリカの若者の希望と不安を描いた映画『アメリカン・グラフィティ』で、不良のジョンが言う――「ロックンロールなんて、バディ・ホリーが死んで終わっちまったよ」。

実際、五〇年代末から六〇年代前半にかけて、ロックンロールは停滞期に入っていく。たとえば六〇年代前半、イギリスでいちばん人気があったバンドは、クリフ・リチャードのバック・バンドでもある、こざっぱりしたスーツに身を固めたインストルメンタル・バンド、シャドウズだった。シャドウズには申し訳ないけれど、そうした停滞ぶりからして、もしかりにビートルズが出現しなかったら、ロックンロールが本当に死んでいたということも大いにありうる。彼らがいなければ、「ロックンロール」が「ロック」に進化したかどうかも実のところ疑わしいし、レコード店で「ロック」が「クラシック」「ジャズ」と並ぶメイン・カテゴリーになることもなかったかもしれない。

生意気で反逆的な、けれど決して独善の罠には陥らない不良少年ジョン。何が人の心を打つかが本能的にわかってしまう、そしてそのことをほとんど申し訳なくさえ思っているように見える優しい男の子ポール。歯並びのいい笑顔を浮かべていても、どこか皮肉っぽさを感じさせるニヒルな痩せっぽちジョージ。役回り的には道化という感じなのにドラムスの腕前は確かで、バンドの音楽をうしろからしっかり支えているチビのリンゴ。ビートルズとは、ジョン・レノン、ポール・マッカートニー、ジョージ・ハリソン、リンゴ・スターという四つの愛すべき個性が融合した、1＋1＋1＋1が4よりもはるかに大きな和を生んだ音楽的算術の奇跡であった。

彼らはべつに、超人的テクニックを持ち合わせていたわけではない（ロックにおけるテクニック革命は、エリック・クラプトンをはじめとする次世代——といっても年齢差はほんの数年だが——によって推進される）。シャドウズらに較べればずっとワイルドとはいえ、激しい生《なま》の感情に格別迫力ある表現を与えたわけでもない（それならむしろストーンズだし、生々しければいいなら七〇年代のパンク・ロックだ）。あるいは、芸術性豊かな詩を書いていたわけでもない（まあ詩については、やがてボブ・ディランに学んで、「ロックで言っていいこと」の枠を大幅に広げることになるが）。「技巧」「迫力」「芸術的香り」でいえば、初期のビートルズは、一流ではあれ、超一流ではない。

だが、デビュー当時からビートルズを際立たせていたのは、何といってもその斬新なメロディ・ラインと、それを歌う、攻撃性と無垢との入りまじった声だった。バッハの音楽が数学的必然性と美的創造性を見事に両立させたのとは対照的に、レノン＝マッカートニーの作る曲は、メチャクチャとしか思えない型破りなコード進行に沿って、不思議と必然性を感じさせるメロディを展開していった。ハーモニーの付け方も抜群で、特に主旋律の上ではなく下にサビた声を重ねるやり方は、それまでのロックンロールのいかにも「合いの手」といった感じのハーモニーよりずっと洗練されていたし、その後のロックでもこれほど表現力豊かなコーラスの様式美はちょっとお目にかからない。

けれどこういう言い方は、ラーメンのうまさをヘーゲル哲学の用語で語ろうとするようなものだろう。一九六〇年代なかば、あっという間に世界一有名な音楽家、ひょっとすると世界一有名な人間たち（事実、ジョン・レノンが「いまや我々はキリストよりもポピュラーだ」と言ってキリスト教徒を激怒させたことはあまりにも有名）になったビートルズの歌は、とにかくカッコよかったのだ。メロディもカッコよかったし、ハーモニーもカッコよかったし、シャウトするソロボーカルもドライブ感のあるギターも、レコード・ジャケットに写った四人の姿もみんなカッコよかったのである。

　そしてそれは、人を不安にさせ警戒心を起こさせるというよりも、人を武装解除させ、思わず体を動かさせてしまうカッコよさだった。そこには何より、the sense of fun という言い方がぴったりの、楽しい活気がみなぎっていた。グリール・マーカスが指摘したように、ローリング・ストーンズが"We love you"と「世界全面肯定」の歌を歌ってもどこか不機嫌さを残しているのとは反対に、初期のビートルズは、たとえ「ヘルプ!」のように救いを求める叫びの歌のなかにも、依然として楽天的な響きを残している。五〇年代、ビル・ヘイリーをはじめとする腹の出かかったおっさんたちが、糊で固めた笑顔で「さあさあ一晩中踊りあかそうぜ」と白々しく描写した the sense of fun、チャック・ベリーが黒人であるがゆえに謳い上げるにせよどこか皮肉をひそませて謳わずにはいられなかった the sense of fun を、ビートルズはその音楽を通して百パーセント体現した。ストーンズの『サティスファクション』を聴いても人は胸がときめきはしないが(むしろ苛立ち、落着かなくなる。むろんそれがストーンズの魅力だ)、「オール・マイ・ラヴィング」「フロム・ミー・トゥ・ユー」「キャント・バイ・ミー・ラヴ」といった初期ビートルズの傑作は、まさに人の胸をときめかせずにはいない楽しさに満ちている。

六〇年代に登場したイギリスのバンドの例にもれず、ビートルズも五〇年代アメリカのロックンローラーたちを師と仰いだ。たとえばバディ・ホリーは、『アメリカン・グラフィティ』のジョン同様ビートルズのジョンにとってもアイドルで、「ビートルズ」（カブトムシ）というバンド名も、バディ・ホリーのバックバンド「クリケッツ」（コオロギ）にあやかってつけたと言われる（バディ・ホリーの「ワーズ・オブ・ラヴ」のビートルズ・バージョンは、彼らにしては珍しく何の工夫もない単純コピー）。ジョージはカール・パーキンスを尊敬し、無名時代には「カール・ハリソン」と名のっていたこともあった。その他、チャック・ベリー、リトル・リチャードといったロックンローラーの一連の名作を無名時代にハンブルクとリバプールで歌いまくったことがビートルズの音楽的土台を築いた。

とはいえ、ホリーやベリーを十年歌えば誰でも「抱きしめたい」や「シー・ラヴズ・ユー」が作れるわけではない。「ロックンロール・ミュージック」の三コードを何度弾いても、「ハード・デイズ・ナイト」の驚くべきコード進行は出てこない。ここでもまた、音楽的影響の足し算が、部分の総計よりもはるかに大きな和を生んだのである。

ビートルズの音楽のはしばしに感じられるウィットとユーモアは、日常的な発言にも頻繁に現われた。たとえば、ハンター・デイヴィスが『ビートルズ』で紹介している、王室を迎えたチャリティ・コンサートでの、ジョン・レノンの言動。

ジョンは一つの曲を紹介した。「安い席にいらっしゃるみなさんは拍手をおねがいします」そしてロイヤル・ボックスにむかって一礼すると、こうつけ加えた。「あとのかたがたは宝石をチャラチャラさせてください」

ふたたびストーンズを引き合いに出せば、かりにミック・ジャガーが「宝石をチャラチャラさせてください」なんて言ったら、それこそ「冗談では済まない」ことになっただろう。こういうことを言って通ってしまうだけの「愛嬌」（むろんそれはマネージャーのブライアン・エプスタインの計算によって強調されたものだったわけだが）をビートルズは持っていた。ジョージ・ハリソンはあるとき、自分たちの音楽を、「ロックンロールのイギリス公立中等学校《グラマー・スクール》（名門私立学校《パブリック・スクール》ではなく、というニュアンス）的解釈」と呼んだ。そうした庶民性が、彼らの場合、階級制度に歯向かうというより、むしろ制度を笑って無化してみせる方向に働いた。

一九六五年暮れに発売されたアルバム『ラバー・ソウル』で、ビートルズはバンドの歴史上最大の音楽的飛躍を遂げる。それまでの彼らの音楽を浸していた the sense of fun がいくぶん後方に退き、代わりに、一曲一曲を通して「ロックに何ができるか」の可能性を拡げていこうとする音楽的野心が感じられる。歌詞の面でも、シュールな「ノルウェーの森」、内省的な「イン・マイ・ライフ」、英文学の伝統的類型〈つれない美女〉のすぐれた二十世紀バージョン「ガール」など、それまでの楽しいラブソング一本槍から大きな飛躍を見せている。その前のアルバム『ヘルプ！』から半年しか経っておらず、しかも忙しいコンサート活動の合間を縫って作られたことを考えれば、この飛躍はまさに驚嘆に値するが、いずれにせよ、『ラバー・ソウル』には、「そうか、僕らは何も、いつもいつも『ねえ、君の手を握りたいんだよ』『君とダンスしてるだけで幸せなんだ』なんてことばかり歌わなくてもいいんだ」という発見の興奮がみなぎっている。

六六年発表の『リボルバー』、六七年発表の『サージェント・ペパーズ・ロンリー・ハーツ・クラブ・バンド』は、『ラバー・ソウル』で起きたジャンプがさらに高い地点へなされた作品と言える。『リボルバー』では、たとえばポールは弦楽四重奏をバックにした「エリナー・リグビー」で、すぐれた短篇小説に匹敵する豊かな世界をたった二分四秒のなかに閉じ込めてみせ、ジョンは、「シー・セッド・シー・セッド」「トゥモロー・ネヴァー・ノウズ」などドラッグの影響が強く感じられる歌を作って、「愛すべきビートルズ」のフォーマットからどんどん離れていった。ジョージはイギリスの高税を皮肉って「タックスマン」を書き、第三のソングライターとしてはっきり自己主張をはじめた。

そして『サージェント・ペパーズ』（もし「史上最大のロック・アルバム」を一枚選ぶとすればおそらくこれだろう）では、アルバム全体を一個の作品と考える姿勢がはっきり打ち出され、アレンジや録音も凝りに凝っている。娘が家出した善良な両親の嘆きを、その嘆きに見え隠れする独善も含めて見事にすくい取った「シーズ・リーヴィング・ホーム」や、新聞の三面記事をシュールに盛り込んだ「ア・デイ・イン・ザ・ライフ」などでは室内楽団やオーケストラを起用し、音楽的にも、ボーカル、ギター、ドラムスというロックの基本フォーマットから遠く離れたところで自在に音楽を作っている。古いサーカスのポスターの文句をほとんどそのまま歌にしたという「ビーイング・フォー・ザ・ベネフィット・オブ・ミスター・カイト」、ポールに駐車違反の切符を切った婦人警官に捧げた（？）「ラヴリー・リタ」（Rita, meter といったコミカルな押韻が秀逸）など、「何をしてもいいんだ」という自由さと、一曲ごとに固有の小宇宙を創り出そうという職人芸とが見事に両立している。

六八年発表の二枚組アルバム『ザ・ビートルズ』は、シンプルなタイトルが示唆するとおり、まさにビートルズに何ができるか、ロックに何ができるかの可能性を集大成した、一種のサンプラー的なアルバムである。実際、今日までロックがやってきたことはもうだいたい全部ここに入っているんじゃないか、と考えても許されそうなくらい、その幅広さには驚嘆させられるが、「和が部分の総計よりはるかに大きい」緊密な協力関係が薄らいでいることは否めない。特に、「ビートルズ」といういまやとてつもなく大きくなってしまった「物語」を懸命に維持しようとするポールと、その物語に対する苛立ちを隠そうとしないジョンとの隔たりは明らかだ。ポールの甘いラブソング「アイ・ウィル」と、ジョンの完全なソロで、後年の彼のシンプルな音作りを予感させる簡素なラブソング「ジュリア」とがB面終わりに並べられているあたり、音楽的なバラエティをアピールしているというより、「見てくれ、僕らはもうここまで違ってしまっているんだ」というメッセージにさえ聞こえる。

六九年発表の、最後のまとまったアルバム『アビイ・ロード』（七〇年の『レット・イット・ビー』は完成した作品とはとうてい言えない）でも、ジョンの望んだような個々の曲の輝きを生かした側面はA面に、ポールの望んだシンフォニックな「短篇連作」はB面に、と分裂は製作方法にすでにはっきり現われている。だが、一曲一曲を完結させずその断片をつないでいって作ったB面の累積的な効果は素晴らしい。天才の人ジョン・レノンに対する計算の人ポール・マッカートニーの面目躍如。

ビートルズのベスト・アルバムがどれかという問題は、三十代以上の人々には個人的記憶・愛着抜きでは考えられない問題だろう。僕個人としては、初期の「楽しいビートルズ」なら『ウィズ・ザ・ビートルズ』か『ハード・デイズ・ナイト』、芸術的完成度なら『サージェント・ペパーズ』と『アビイ・ロード』B面だが、ヴェリー・ベストとしては、「自由の発見」の解放感みなぎる『ラバー・ソウル』を挙げたい。

（1995. 7）

3.

勉強の成果

ドゥ・イット・ユアセルフ・ピンチョン・キット
——ピンチョン神話をめぐって
A Do-It-Yourself Pynchon Kit

作者ピンチョンではなく、人間ピンチョンについて書かれた文章はたいてい、ストーブリーグのあいだのスポーツ新聞の記事に似ている。ネタは半ページ分、紙面は八ページ——日本シリーズ終了から翌年のオープン戦開幕まで、この途方もないギャップを埋めるべく各紙スポーツ記者は持てる修辞学的能力を最大限に駆使して涙ぐましい努力に明け暮れるわけだが、人間ピンチョンに関する文章にも同じことが言えそうである。読んでいて、苦労してるなあ、と思ってしまうのだ。何しろネタがない。ネタを提供しうる立場にある人々（親しい友人、家族、エージェント等々）はピンチョンの意図を尊重してかたく沈黙を守っている。かくして、ピンチョンをめぐって書かれる文章は、ピンチョンについての事実をめぐってよりも、ピンチョンについての事実を知ることがいかに困難かをめぐって書かれることになる。

この文章は、そういった涙ものの文章たちの中から、情報として有意といえなくもなさそうなところを取り出して構成したダイジェスト版であり、いってみればスポーツ新聞の記事を組み合わせて作り上げた『ダカーポ』の記事のようなものである。ここに挙げられた諸事実（もしくは事実と称されるもの）は、いうまでもなく人間ピンチョンを再構築するには到底不十分であるし、ピンチョンの作品自体ともほとんどあるいは何の関係もないように思えるものも多い。だが、関係のないところに関係を見出す心的傾向を人はパラノイアと呼び、そのパラノイアこそがピンチョン文学の中心的テーマであるならば、ピンチョンについて読む営みもまた大いにパラノイアックであってよいのではないか？

一九七〇年代の一時期、〈トマス・ピンチョン＝J・D・サリンジャー〉説が流行したことはよく知られている。もともと世捨て人的に暮らしていたサリンジャーが完璧な隠遁生活に入り作品も発表しなくなった時期と、ピンチョンが『V.』とともにデビューした時期がほぼ一致している、という事実がこの説の出発点である。「トマス・ピンチョン」とはサリンジャーとそのエージェントたちが作り上げた虚構の存在である、というわけだ。

真面目に考えればこの説はおよそ信じ難い。二人の作家の作風がまったく違っていることから見て、〈源義経＝ジンギスカン〉説や〈レオナルド・ダ・ヴィンチ＝宇宙人〉説と同等の説得力しかないことは明らかである。だが、パラノイアックに思考する「ピンチョンごっこ」の産物としては、結構いい線をいっていると思う。事実、ピンチョン自身、この説に対し“Not bad, keep trying”（「悪くない、その調子だよ」）とコメントを発表しているくらいである。賢明なる読者諸兄が、「その調子」で以下の文章を思いきりパラノイアックに読んでいただければ幸いである。

❶六〇年代の熱い思いを伝えた小説『下向きもこれだけ続くと上向きに見えてくる』（一九六六）の作者リチャード・ファリーニャは、コーネル大学在学中ピンチョンと親しかった。『重力の虹』はファリーニャに捧げられているし、ファリーニャの二度目の結婚式（相手はジョーン・バエズの妹ミミ）にもピンチョンは新郎付添い役をつとめている。そして、一九六六年四月三〇日、妻の二十一歳の誕生日にファリーニャがオートバイ事故で死亡したときも、ピンチョンは葬式において棺の付添い役をつとめた。

❷ペンギン版で一九八三年に再刊されたファリーニャの『下向き…』には、ピンチ

ョンによる紹介文が載っている。それによると、あるときファリーニャとピンチョンは、それぞれ自分の崇拝する作家に変装してパーティーへ出かけることにした。ファリーニャはヘミングウェイに、ピンチョンはフィッツジェラルドに変装して現われた。

❸ファリーニャの最初の妻はフォーク・シンガーのキャロリン・ヘスター。彼女の残したレコードの中に「アイル・フライ・アウェイ」という曲があるが、このバックでハーモニカを吹いているのはボブ・ディランである。ディランはこのセッションをきっかけに、名プロデューサーのジョン・ハモンドと知りあい、自らフォーク・シンガーとしてデビューすることになる。ピンチョン→リチャード・ファリーニャ→キャロリン・ヘスター→ボブ・ディランと、六〇年代のカウンター・カルチャーの両巨人はこうしてつながるのである（少なくともパラノイアックに見れば）。

❹やはりピンチョンのコーネル大での同級生で卒業後フリーライターになったジュールズ・シーゲルが、一九六五年にピンチョンと会い、いまディランについての記事を書いているところでねと伝えたところ、ピンチョンは、ディランなんかよりビーチ・ボーイズをやったらどうだ、と言った。ビーチ・ボーイズの名作『ペット・サウ

ンズ』をピンチョンは絶賛したという。

❺ビーチ・ボーイズの中心人物は何といってもブライアン・ウィルソンだが、ピンチョンはシーゲルに連れられてブライアン・ウィルソン宅を訪ねたことがある。だがシーゲルの回想によれば、ピンチョンとウィルソンは、たがいに一言も口をきかなかった。

❻シーゲルが二番目の妻クリシーと出会ったのも、ビーチ・ボーイズのレコーディング・セッションにおいてであった。クリシーが夫に告白したところによると、彼女は結婚後の一時期ピンチョンと恋愛関係にあった。恋人としてのピンチョンは、頭の回転の速い、優しい男だったという。

❼かくしてピンチョンによって「寝取られ男」にされたジュールズ・シーゲルは、『プレイボーイ』誌に「トマス・ピンチョンとは誰か… そして彼はなぜ私の妻と浮気したのか?」と題する記事を発表した。これは、この文章を書くにあたっても中心的な情報源である。ただしシーゲルの記事を読んでも、ピンチョンがなぜ彼の妻と浮

気したのかはよく判らない。いわんやトマス・ピンチョンとは誰なのかも、まるっきり判らない。もっともこれは推測だが、この阿呆なタイトルをつけたのはたぶん、シーゲル本人ではなく『プレイボーイ』編集部だろう。

この記事の強みは、何といってもピンチョンを直接知っていた人間の文章という点だが、読んでいてやや誠実さを欠いているという印象を受ける。シーゲル経由の情報はマユにしっかりツバをつけて受けとめた方がいいと思う。

❽あるときシーゲルとクリシーはカリフォルニアにあるピンチョンのアパートを訪ねた。当時ピンチョンは『重力の虹』を執筆中だった。『重力の虹』といえば豚が重要な役割を果たしているが、アパートの作りつけの本棚には、豚の形の貯金箱が何列もずらりと並べられ、豚に関するさまざまな本や雑誌も所せましと詰めこまれていた。

❾『重力の虹』は、ナンカイ読んでも分からないほどナンカイな、というおそろしく古いシャレをついまた言ってしまわずにはいられない難解な作品だが、ピンチョン自身、仕上げの段階で草稿を読み返してみて、自分でもどういう意味なのかよく分からないところがいくつもあったという。

❿『重力の虹』は、過去五年間に出版された中でもっともすぐれた文学作品に与えられる「ウィリアム・ディーン・ハウェルズ・メダル」を受賞したが、ピンチョンはこれを辞退し、つぎのようなメッセージを送ってよこした――

ハウェルズ・メダルは大きな名誉です。それに金《きん》でできているわけですから、インフレに対する予防手段としても有効だろうと思います。でも私は欲しくないのです。欲しくないものを押しつけないで下さい。

（以下略）

⓫『重力の虹』はそれ以前に、全米図書賞も受賞している。こっちはピンチョンも辞退しなかったが、授賞式にはむろん出席しなかった。代わりにアーウィン・コーリー教授なる漫才師が式に現われ、受賞の挨拶と称して訳の判らぬジョークを連発した。居合わせた人々のうち半分はそれを聞いて大笑いし、あとの半分はただただ茫然としていたという。いうまでもなくコーリーはピンチョンに会ったことがなかったし、ピンチョンの本を読んだことさえなかった。

⑫コーリー自身の証言によれば、授賞式に居合わせた人々はみな、彼のことをピンチョンその人と思い込んだという。当時公にされていたピンチョンの写真といえばただの一枚きり、それも三十年くらい前の学生時代のものだったのだから無理もない。ではピンチョンはどんな風貌をしているのか？　❶に出てきたミミ・ファリーニャによると――「とても背が高くて、きれいな目をしていて、黒い口ひげを生やしてるの。自分ではバッグズ・バニーみたいに見えると思ってるわ」――バッグズ・バニー？――「歯が大きいのよ。それであの出っ歯のウサギみたいに見えると思ってるわけ。でも実際はそんなことなくて、ただ本人がそう思い込んでるだけなの」。フィッツジェラルドに変装したバッグズ・バニー。大学時代、ピンチョンは歯を気にしてあまり笑わなかったという証言もある。

⑬容貌のみならず、ピンチョンのエージェントであるキャンディーダ・ドナディオ女史によると、ピンチョンは自分の作品についても（信じ難いことに）まるで自信を持っていないという。「気の毒なくらい内気な人でね」とドナディオ女史は語る。「自分の作品がひどい出来だと思っているのよ。ハウェルズ・メダルを断ったのもそのせ

いなの。自分なんか賞に値しないと思っているのよ。私が彼の書いたものをうっかり少しでも賞めようものなら、もう躍起になって否定するんだから」

⓮現代作家ポール・オースターの『鍵のかかった部屋』（一九八六）にも、自分の作品が最低の出来だと信じている謎の天才作家が出てくる。原稿だけを残して本人は失踪し、友人がその原稿を出版して大評判になる、という設定である。友人は作家の行方を探して回るが、手掛かりはいっこうに得られない……どことなくピンチョンに似ていなくもない。

⓯失踪した作家は名をファンショーというが、『ファンショー』といえば十九世紀アメリカの小説家ナサニエル・ホーソーンが若いころ匿名で自費出版した小説（一八二八）の題名である。そしてナサニエル・ホーソーンといえば、「ピンチョン家」の人々を主人公にした『七破風の屋敷』（一八五一）を書いている。呪われた家系として描かれている「ピンチョン家」のモデルとなったのは、十七世紀にアメリカ大陸に移住してきた、実在のピンチョン一族である。そして作家トマス・ピンチョンはこの一族の末裔である。『七破風の屋敷』の出版後、ホーソーンは

現存するピンチョン一族から抗議の手紙を受け取った。送られてきた二通の手紙のうちの一方を書いたのはトマス・ラグルズ・ピンチョン牧師（一八二三―一九〇四）である。この牧師の姪の孫が作家ピンチョンその人である。

⑯マシュー・ウィンストンはその労作「ピンチョンを探して」において、ピンチョンの家系を丹念にたどっている。謹厳実直、いかにも信頼できそうなこの論文によると、ピンチョン家は十一世紀にまでその歴史をさかのぼることができるという。記録に残っているもっとも古いピンチョンは、ウィリアム征服王とともにノルマンディーからイングランドへやって来た、「ピンコ」(Pinco) なる人物である。

⑰アメリカにおけるピンチョン家の歴史は一六三〇年にはじまる。家族を連れ新世界に移住してきたウィリアム・ピンチョンは、ビーバーの毛皮を商って大いに栄えた。インディアンのモホーク族とも友好的関係を結び、一時期ニューイングランドの人々はモホーク族を「ピンチョンズ・メン」と呼んでいたほどである。ウィリアムはまた、一六五〇年に『我らの救済の有難き代償』(*The Meritorius Price of Our Redemption*) なる神学書を出版したが、その内容が当時のピューリタン神学を批判するものであっ

たため、焚書の憂き目に遭った。この本を攻撃したある文章を引けば、「無内容にして無根拠、空想と幻想の産物たる単なる虚構である。独りよがりに虚構を夢想し築き上げ、それを他人に押しつけようというのである……」（ニコラス・チューニー、一六五六）

⑱それからおよそ三百年後、ウィリアム・ピンチョンの子孫が、「単なる虚構」を夢想することをなりわいとするようになったわけである。『重力の虹』に出てくるタイロン・スロースロップは、多くの点でこのウィリアム・ピンチョンをモデルにしているといわれる。

⑲ピンチョンが自分の先祖をモデルにした可能性のあるもうひとつの例は、『V.』に出てくる鼻整形のエキスパート、シェーンメイカー博士である。モデルと目されるのはエドウィン・ピンチョン博士（一八五三―一九一四）。鼻、口、喉の手術に使う医療器具を数多く発明した人物で、「鼻中隔の奇形の外科的矯正」「鼻腔内手術用の新式機械鋸」等の論文もある。

⑳この辺でトマス・ピンチョンその人の生い立ちにも触れておくべきだろう。ジョゼフ・スレイドによる簡潔な、そして当たりさわりのない臆測を適度に盛りこんだ紹介を引用すると――

トマス・ラグルズ・ピンチョンは一九三七年五月八日、ロング・アイランドのグレン・コーヴに生まれた。父親は測量技師のトマス・R・ピンチョン。息子ピンチョンは奨学生としてコーネル大学に入学し、きわめて優秀な成績を収めた。コーネルでは大学生にありがちな夜ふかしと粗食の生活を送ったが、作品中しばしばコーネルに言及していることから判断する限り、大学生活は彼にとって楽しいものだったようである。当初はエンジニアリングを専攻していたが、人文科学系の本もたくさん読んだと思われる。

㉑別の資料によれば、ピンチョンがエンジニアリングを専攻していたのは最初の一年だけで、二年目には工学部から文芸学部に転部している。あらたに彼の指導教官に割り当てられたジェームズ・マコンキー教授は、例によって理系で挫折した学生が「文転」してきたかと思いつつピンチョンの成績ファイルをみたところ、Aがずらり

と並んでいたので大いに気をよくした。

㉒スレイドの続きを引用すると――

ピンチョンはウラジーミル・ナボコフの講義を取ったこともある。ナボコフはピンチョンの作品を賞讃しているが、学生としてのピンチョンは記憶にないという。ただしナボコフ夫人は憶えている。夫の代わりにレポートの採点をしたからである。独特の手書きの字体が印象的だったそうだ。〔ピンチョン自身はのち友人に、ナボコフの英語は訛りがきつくて一言もわからなかったと述べている――柴田〕。ピンチョンはやがて海軍に入隊し、二年間大学を離れる。海軍での経験は彼の処女作『V.』の題材の多くを提供することとなった。おそらくピンチョンは駆逐艦の乗組員だったと思われる。『V.』でも風変りな名前の駆逐艦（たとえば「ジョン・E・バッドアス」）がいくつも出てきて、物語にユーモアを加えている。除隊後大学に戻り、一九五九年に卒業した〔専攻は英文学〕。

同一九五九年に「スモール・レイン」がコーネル大の文芸誌『コーネル・ライタ

ー』に掲載され、ピンチョンの作家としてのキャリアがはじまった（「スモール・レイン」はのち『スロー・ラーナー』に所収）。

㉓卒業後しばらくはニューヨークのグレニッチ・ヴィレッジで暮らす。ウィンストンによればディスクジョッキーになることも考えたという。一九六〇年から六二年までシアトルのボーイング社に勤務。当時まさに『V.』が着々と書き上げられつつあったわけである。そして二十四歳のある日、『V.』の草稿を抱えて、ピンチョンはキャンディーダ・ドナディィオのオフィスへ入っていった。

こうして、作家ピンチョンが世に出るとともに、人間ピンチョンはほぼ完璧に消滅する。ピンチョンの海軍時代の記録は、セントルイスにある海軍のオフィスが火事で焼けた時に焼失してしまったし、コーネル大学におけるピンチョンに関するファイルも謎の消滅を遂げている。現在ではピンチョンの両親でさえ彼の居所を知らないらしい。

㉔らしい、であって、たしかなことは分からない（それを言い出すとこの文章のあらゆる文の終わりに「らしい」を付けなければならないのだが）。「何も申し上げられないん

ですよ」とピンチョンの母親は語る。「トム・ジュニアが嫌がりますから。あの子はね、書かれるよりも自分で書く方が好きなものですから」

㉕トム・ジュニア。母親から見れば、天才作家ピンチョンも、大人になって自分の手を離れてしまった一人の愛すべき息子であるようだ。

愛すべき、という点では人々のコメントは一致している。彼らは口をそろえて友人「トム」の人柄をほめる。「私はトム・ピンチョンが大好き」（フェイス・セイル）。「とっても誠実」（ミミ・ファリーニャ）。「魅力的で、礼儀正しい人」（キャンディーダ・ドナディオ）。

——とまあそんな具合である。自分がバッグズ・バニーみたいに見えると思っていて、だが実際はそれほど似てもいなくて、誠実で礼儀正しく誰にも好かれ、豚について書くときには本棚に豚の貯金箱を並べ、自分の作品を駄作だと信じていて、一時はDJになることも考えた、そういう人物が『V.』を書き『競売ナンバー49の叫び』を書き『重力の虹』を書いたわけだ。そこにいかなる意味、いかなる関係が見出されるのか、その判断は読者にお任せする。

参照文献（カッコ内の番号は本文に付した番号に対応）

David Cowart, *Thomas Pynchon: The Art of Allusion* (Southern Illinois University Press, 1980). (㉑)

Robert Cooke Goolrick, "Pieces of Pynchon," *New Times*, October 16, 1978. (❶⓫⓬⓭㉔㉕)

William M. Plater, *The Grim Phoenix: Reconstructing Thomas Pynchon* (Indiana University Press, 1978). (⓱)

Thomas Pynchon, Introduction to Richard Fariña, *Been Down So Long It Looks Like Up to Me* (Penguin Books, 1983). (❷)

Jules Siegel, "Who is Thomas Pynchon ... and why did he take off with my wife?" *Playboy*, March 1977. (❹❺❻❼❽❾)

Joseph W. Slade, *Thomas Pynchon* (Warner, 1974). (⓴㉒)

Mathew Winston, "The Quest for Pynchon," in George Levine and David Leverenz, eds., *Mindful Pleasures: Essays on Thomas Pynchon* (Little, Brown and Co., 1976). (❿⓯⓰⓱⓲⓳㉓)

（*1989*. 2）

異色の辞書

An Unusual Dictionary, to Say the Least

　これは一種の和英辞典で、約四〇〇ページにわたって五十音順に見出しが並んでいる。その見出しの中身というのが少し変わっていて、「けっこん」を引くと、「結婚」はなくて「血痕」がある。「こうりゅう」を引くと、「交流」はなくて「勾留」がある。「こうさつ」も「考察」はなくて「絞殺」がある。

　例文も少し、というか相当、変わっている。「主流」の例文は「組長の死によって、主流派と反主流派との争いが激化すると思われます」

「思い残す」は「家族がある訳でもなく、もう思い残すことなく死ねそうです——冗談じゃない。こそ泥じゃ死刑にならないよ。ちゃんと罪をつぐなってこなくちゃ」

「伝言」は「麻薬の運び屋との連絡はどうやっていたんだね――駅の伝言板を使っていました」

「懐かしい」は「おやおや、またしても懐かしい顔ぶれがそろったな。今度は何をしたんだい――頭から疑ってかからないでくださいよ」

「懐かしい」の項ひとつをとっても、僕が受験生だった頃よく見かけた「この写真を見るといつも懐かしい学生時代を思い出します」といった類いの例文に較べてかなり斬新なことは間違いないが、辞書を作った人々はべつに斬新さなぞを狙ったわけではない。これはとことん実用に徹した辞典なのである。「はしがき」の言を借りるなら、「交番での道案内から職務質問、交通取締り、巡回連絡、その他捜査・事件の取調べにいたる日常の警察官の業務に必要な場面を想定し、五十音順の見出しを設けて、約五〇〇〇の会話表現をできる限り対話の形で作成しました。警察官が外国人と接するとき、日常生活で使われる単語がどのように会話の中で組み立てられてゆくかが明確に理解できます」

旺文社編、『英語会話表現辞典　警察官編』（一九九〇）。「業種別英会話表現辞典」シリーズの一冊である。ほかにも商社マン編、エンジニア編といろいろあるが、例文の迫力ではこの警察官編が群を抜いている。ふつうの辞典の例文が属している完全消毒済み的無味無臭の世界とはかけ離れた、どろどろした生臭い世界が、いかにも警察官的な生真面目さと律儀さをもって追求されているのである。

特に凄味があるのが、いわゆる取調べに関係した例文で、

「あなたは本当のことをしゃべってないでしょう。額に汗がにじんでますよ――うそはついてません、暑いだけです」(「汗」)

「警察のやり方を批判なさるのはご自由ですが、ご存じのはずのことを話していただけないと、取調べが長引くばかりですよ」(「批判」)

と、じわじわ攻める状況からはじまって、

「いい加減に本当のことを言ったらどうだい――何度も修羅場をくぐってきているから、このくらいの調べではへこたれませんよ」(「修羅場」)

と手ごわい相手もリアルに想定し、

「陰惨な事件ばかり扱っているとつい疑い深くなって……――わかっていただけましたか」(「陰惨」)

と自己批判を迫られる状況まであらかじめ思い描いているのである。

このように、例文の圧倒的迫力によって読む者の心を捉えて離さぬ辞書であるが、そこにいつしか畏怖の念さえ湧いてくるのは、対訳の英文も文句なしに見事だからだ。

「同じ人からたびたび間違い電話がかかり、悪意が感じられて恐ろしいのですが、どうしたらよいでしょう――相手の名前は聞きましたか」(「悪意」)の対訳は

I've received calls from the same person a number of times. I feel he's up to no good and I'm scared. What should I do?――Did you ask the person's name?

となっている。“a number of”“up to”といったよく使われるフレーズが盛り込まれ、“I'm scared”“What should I do?”の使い方も感じが出ているし、

「うちでは精いっぱいの補償をしようとしているんですが、相手が難色を示していて…――示談ではすみそうにありませんか」(「難色」)の対訳の

We are trying our best to make up for what we did, but they don't seem willing to cooperate.――So an out-of-court settlement isn't all that likely, then?

などでも“trying our best”“make up for what we did”あたりに実感が出ていて、「難色を示す」が“don't seem willing to cooperate”となっているところも日本語と英語の発想の違いがよくわかり、さらには“isn't all that likely”なども口語表現のすぐれた実例である。

と、そのまま高校、大学の教材に使えるんじゃないかと思える例文も少なくなく、

これをネタに試験問題だって作れそうである。論より証拠、ひとつやってみよう――。

〈I〉日本文と英文ができるだけ近い意味になるように、（　）に入れるべき語を［　］から選びなさい。必要があれば変化させること。

1「泥棒があんなに信頼していたメードだったなんて――まんまと欺かれましたね」

To think that the thief was the maid I trusted so much.――You were completely (　), weren't you?

2「お宅のお子さんは今回が初めての過ちなので、説諭だけでお帰ししますが、今度万引きしたら許されませんよ――お手数をかけました。よく言って聞かせます」

It was your son's first mistake, so we'll let him off with just an admonition this time. Next time, however, we won't let him off so easily for shoplifting.――I'm sorry about the trouble he has caused. I'll (　) sure he understands.

3「運転中にはアルコールはいっさい口にしてはいけない規則になっているんですよ――すみません。ほんの一口だけと思っていたのが、つい飲んでしまって」

According to the law, you are not even (　) to drink one sip of alcohol.――

I'm sorry. I didn't intend to drink more than a sip, but before I knew it …

4 「この町にはヤクザがいると聞いてきましたが……——去年までは暗黒街と言われていましたが、住民の団結で、某組は引っ越して行きました」
I've heard that there are mafia-like gangs in this town.——Until last year, it was (　) to as the underworld. However, citizens in the town joined together against the gangs, who then moved elsewhere.

5 「意志に反してこういう結果になってしまって——良かれと思ってやったことだから、仕方ないでしょう」
It didn't (　) out the way I wanted it to.——Since you did it thinking it would be all right, there's nothing we can do, is there?

6 「A警察官は、裏づけ捜査には卓越した能力を発揮する人です——頼りにしています」
Police Officer A has shown a real knack for gathering valuable evidence.——He's someone we can really (　) on.

[count/fool/make/refer/suppose/turn]

〈II〉（　）に適当な一語を入れて、日本文と英文の意味ができるだけ同じになるようにしなさい。正解は複数ありうるが、その一つと考えられる語の頭文字を（　）のなかに示してある。

1「給料の支払いを五か月分余したまま雇い主が消えてしまったんです——行き先の心当たりはないのですか」

My employer disappeared without paying me for five months of work.——Do you have any (i　) where he went?

2「いいかげんに足を洗ったらどうだい。外国に来てまで臭い飯を食うことはないだろう——なかなか仕事につけなくて、つい…」

You should keep clear of people like that. To come all the (w　) to a foreign country and land in jail!——I couldn't find any work and …

3「取調べもいいかげんにしてください——正直に話さないから長くなるんだよ」

Please hurry up and finish your questioning.——It's because you aren't telling the (t　) that this is taking so long.

4「決して故意にしたわけではありません——過失だというのですか」

I certainly didn't do it on (p　).——Are you saying it was a mistake?

以上、各問十点、百点満点。

それにしても、勉強熱心なおまわりさんが、「たしかに私は万引きをしましたが、店の人もそのことで私を恐喝したのですよ」なんていう文の英訳を一生懸命暗記しているところを想像すると、御苦労様です、と敬礼の一つも送りたくなるというものである。

（試験問題解答例）

〈Ⅰ〉1. fooled　2. make　3. supposed　4. referred　5. turn　6. count

〈Ⅱ〉1. idea　2. way　3. truth　4. purpose　（1992. 3）

貧乏について

Elegance of Poverty

いうまでもないことだが、貧乏と貧乏性はかならずしも同じではない。むしろまったく違ったものとさえいえるかもしれない。貧乏を現実に生きている本当に貧乏な人は、貧乏性なんかになっている暇はない。読めば読むほど奥深い辞書『新明解国語辞典 第四版』（三省堂）をみても、「貧乏性」とは「①貧乏でもないのにゆとりのある気分になれず、けちけちして暮らす（くよくよする）性質」とある（傍点引用者）。「貧乏でもない」人間のみが貧乏性を享受しうるのだ。

つまり貧乏性とは一種の贅沢であり、極言すれば金持ちの特権にほかならないのだが、なかなかそうは思えないところがまさに貧乏性の貧乏性たるゆえんであろう。僕の場合、金持ちよりはるかに貧乏に近い身であるからして貧乏性といっても知れたものだが、しけた貧乏性といえどもそれくらいのことはわかる。

大学生のときに、ある小説を授業で読んで、「この作家は金持ちの生活を描くよりも貧乏を描くほうがずっと生々しいと思う」と発言したら、ほかの誰かに「それは読む側の感性の問題じゃないですか」と言われたことがある。

言われてみれば、なるほどその通りである。たしかにそれは読む側の感性の問題なのだ。いまでも僕は、一般的傾向として、金持ちの話よりはるかに貧乏の話に惹かれる。これはたぶん、貧乏性の人間に共通の特性ではないだろうか。

といっても、アメリカ文学を専門にしていると、すぐれた貧乏の話に出会うのは意外にむずかしいように思う。もちろん、貧乏をめぐる話自体は古典でも現代でもたくさんある。でもたいていは、「貧乏」を通して「悲惨」が語られているだけのような気がする。

アメリカは建前としては誰もが成功のチャンスを与えられている国である。そういう国にあって、貧乏とは本来あってはならない状態である。ある人が貧乏なのは、その人がチャンスを生かしていないか（要するに努力が足りない）、あるいはその建前自体が嘘八百であるか、どちらかということになる。まあ文学ではたいてい後者の視点をとる。

これがたとえばロシア文学だと、貧しい人がお腹をすかして寒さにふるえていれば、それはいわば、人間の状況そのものを物語っている。ああ、生きるってことはつらいのだなあ、という実感がひしひしと伝わってくる。それは一着の着古された外套が人間的真実を伝えうる文学である。

アメリカ文学ではこうはいかない。貧しい人が腹をすかし寒さにふるえていたところで、たいていの場合それは、要するに世の中が悪い、政府が悪いということにすぎない。ロシア文学が実存的貧乏を語っているとすれば、アメリカ文学は社会的貧乏を語っている。そして社会的貧乏は実存的貧乏よりつまらない。残念ながら、貧乏の迫力においてアメ文は露文にかなわない。

僕はポール・オースターという作家が好きで、彼の作品を何冊か訳してもいるが、オースターを好きな理由のひとつとして、彼がアメリカ作家にしては珍しく貧乏を語るのが巧いことも大きい。たとえば『ムーン・パレス』という小説の主人公の大学生が実践するのは、いわば貧乏道の徹底的追求である。

主人公は授業に出る以外はアルバイトも人づきあいもせず、都会の真ん中で世捨て人のような暮らしをしている。唯一の収入源は、ただ一人の肉親だった叔父が遺《のこ》してくれた一四九二冊の本だけ。それを少しずつ古本屋に売って食いつなぐのである。食う量も生存に必要な最低限だけ、味なんてまるっきりお呼びじゃない。しかもこの学生、本を入れたダンボール箱を積み上げて机やベッドの代用にしているから、本を売るごとに机の一部が消え、椅子の一部が消え、自分がだんだんゼロに近づいていくのが目にみえてわかるのだ。

というと何だか悲惨な話に聞こえるかもしれないが、このあたりのオースターの描写は案外ユーモラスである。たとえば食事の計画は——

粉ミルク、インスタントコーヒー、小さな袋入り食パン、以上が主食となる。それに加えて毎日食べるのが卵——人類の知るもっとも廉価かつもっとも栄養豊かな食物。（……）一日に二個、三分半で完璧な半熟に。パンは二枚、コーヒー三杯。水は好きなだけ飲んでよい。元気の出るプランとは言いがたいが、少なくともそこにはある種の幾何学的エレガンスがあった。

いってみれば「貧乏の美学」だが、そもそもなぜこんなことをするのか。それは本人にもよくわからないし、読んでいて明確な答えが見つかるわけでもない。しいていえば、当時多くの若者が共有していた、体制に対し「ノー！」を突きつける気風のひとつのあらわれであると同時に、ややもすると独善に陥りがちな、声高な「ノー！」

からも距離を保つ手段になっているように思える。

だが理屈はともかく、要するにオースターという人は、「貧乏ごっこ」が本質的に好きなんじゃないかと僕は疑っている。好きでもなければ、貧乏に「幾何学的エレガンス」を見出したりはしまい。

ある日この学生は、大事な大事な卵をうっかり床に落としてしまう（二個とも！）。すくい取ろうとあせればあせるほど、割れた卵の中身はぐじゃぐじゃになり、床板のすきまに流れ込んでしまう。これは読んでいて本当に泣ける（実際、主人公も泣き出す）。

この一節が感動的なのは、床に落ちただけであっさり割れてしまう卵が、貧乏という、本当はエレガントで繊細で優美で微妙なものの完璧なメタファーとなっているからにほかならない。かの別役実も言っている――「家族でうな丼を食べに行き、注文を取りにきた店員に『特上と上と並がありますが』と言われ、父親と母親が一瞬不安そうに目くばせをして、それから父親がほとんどさり気なく『今日は、並でいいよ』と言った時、はじめて子供は、貧乏というもののデリカシーを知るのである」（『噴版悪魔の辞典』）。

ところで、『新明解　第四版』にはもうひとつ「貧乏性」の定義があって、「②どうしても貧乏になる性質」。これはさすがに僕も遠慮したい。　（1991.5）

風に吹かれて

Blowin' in the Wind

白状すると、僕はおならの回数が結構多い。成人男性は一日平均十四回おならをするというが、数えたことはないけどそれよりは相当多いと思う。家にいるとのべつまくなしにやっている。人畜無害なんだからいいじゃないか（僕の屁《へ》は大半は無臭）とつい最近までは開き直っていたのだが、おならのガスは発ガン性の疑いがあるという記事を妻がどこかで読んできて以来、この論法も通用しなくなってしまった。

人前ではまあ一応こらえるものの、いつの日か、静まり返った教室で大きなのを突如放ってしまうのではないか、というのが教師である僕のひそかな悪夢である。雷鳴のごとき放屁《ほうひ》にも少しもひるまず、にっこり笑ってその場をとりつくろう、なんて芸当はできませんからね。

ところで、行為自体はむろん、「おなら」「屁」といった言葉にしても、現代日本において完全な市民権を得ているとは言いがたい（その証拠に、僕の使っている「松Ver.5」はきわめて優秀なワープロソフトであるが、「屁」という字が辞書に入っていない）。上品さを重んじたければ、婉曲《えんきょく》な表現に頼らざるをえない。小学校一年生のときに盲腸炎で入院し、手術のあとに看護師さんから「ガスはもう出ましたか？」と訊《き》かれて、仰天してしまった。そうか、僕の病気とは、東京ガスが供給するたぐいの気体が体内にたまる病だったのか……。この誤解が解消されると、今度は、恥ずべきものだと聞かされていたおならが健康のしるしにもなりうることを知って（たぶんそのころから僕はよくおならをする子供だったのだ）また別の驚きを覚えた。手術後に麻酔が切れたときの痛みはもう忘れてしまったが、この二重の驚きの感触はいまでも覚えている。「おなら」と言わず「ガス」と言う。露骨な表現が避けられるのはむろん英語でも同じ。「おなら」「おならをする」を一番直接に意味する英単語は fart だが、これはおならそれ自体と同じくらい嫌な顔をされる。で、いろんな婉曲表現が使われることになる。なかでも一番市民権を得ているのは break wind だろう。「風を放つ」。まあたしかに品がいい。

この婉曲表現のおかげで、wind という語にはえもいわれぬ微妙な陰影が（香りが？）加わることになり、文学表現を豊かなものにしてきた。ボブ・ディランの名曲

「風に吹かれて」の、

　The answer, my friend, is blowin' in the wind
　（その答えは、友よ、風に吹かれて漂っている）

というあまりにも有名な一節を、あるディラノロジスト（ディラン学者）は「人生の真理は、おならのように蔑《さげす》まれ、卑《いや》しまれるもののなかにこそ潜んでいる」という意味に解釈しているし、またある学者はこれに異を唱えて、「人生の真理を探したりするのは、それこそ屁をひるように空《むな》しい行為だ」という解釈を提示している。また、古くは旧訳聖書「箴言《しんげん》」の書第十一章二十九節の、

　He that troubleth his own house shall inherit the wind

は通常、「おのれの家《いへ》をくるしむるものは風《かぜ》をえて所有《もちもの》とせん」と訳されるが、よりあからさまに訳すなら、「自分の家族を苦しめるような奴《やつ》は、遺産相続の際に、親の屁しかもらえないであろう」という意味である。あるいはシェリーの有名な「西風に捧《ささ》ぐ歌」冒頭の、

　O wild West Wind, thou breath of Autumn's being,
　Thou, from whose unseen presence the leaves dead
　Are driven, like ghosts from an enchanter fleeing,

（おお、烈《はげ》しい西風、秋のいぶきよ、
目に見えぬお前の存在から、枯葉たちも
魔法使いから逃れるように追い散らされる）

という一節にしても、屁の魔術的魅惑に狂おしく感応するロマン主義的感性の発露にほかならない。さらには、「風とともに去りぬ」という表現が元来「いたちの最後っ屁」の意であったことはいうまでもあるまい（このあたり全部嘘《うそ》です、念のため）。

性の歴史的意味について綿密な著述を遺《のこ》したミシェル・フーコーでさえ、屁の歴史性についてはほとんど触れずにその生涯を終えてしまったのをはじめ、屁に関する体系的研究はいまのところ皆無に等しい、と思っていたら、同僚S藤Y明氏が「おならについて」（"On Farting"）という論文の存在を教えてくれた。

マイケル・キンブルという小学校の音楽の先生によるこの論文、まさに愛の労作というやつで、おならの医学的考察はもとより、おならをめぐるさまざまな言語表現、おならに付与されてきた「意味」の歴史的変遷《へんせん》、など医学、言語学、社会学等々を自在に横断した真に学際的な論文である。

そのなかに、十九世紀末のパリで活躍した「おなら芸人」の話が出てくる。ル・プトマンと名のるこの芸人（Le Petomane; pet はフランス語で屁の意）、肛門《こうもん》から空気を吸い込んで、それを意のままに放出し、音楽を奏《かな》でたり、六十センチ離れた蠟燭《ろうそく》の火を吹き消したりすることができた。ひところは大変な人気で、かのサラ・ベルナールの倍の興行収入があったという。

ル・プトマンの十八番というのが、いわば屁模写ともいうべき芸で、「これは小さな女の子の屁……こいつは女房の母親の屁……してこれが初夜の花嫁の屁……」てな具合に吹き分けてみせるというものであった。

これで思い出されるのが、ドイツの作家ハインリッヒ・ベルの「笑い屋」という短篇小説である。主人公はローマ皇帝のように笑うこともできれば、多感な少年のようにも笑えるし、十七世紀の笑い、十九世紀の笑い、あらゆる階級あらゆる社会の笑いを笑うことができる。かくして彼はラジオ、テレビにひっぱりだこで、日々笑って生計を立てている。

ところがこの笑い屋、自分自身の笑いを笑ったことは一度もない。本当は悲しい男なのだ。

そこで僕ははたと考えてしまう。ル・プトマンはどうだったのだろう？　彼ははたして、彼自身の屁をひることがあったのだろうか？　ああ、友よ、その答えは風に吹かれて漂っている。

（1992. 5）

消すもの／消えるもの

The Spy Who Came in from the Surreal

一仕事終えて、ささやかな満足感とともに、小型ホウキで机の上の消しゴムかすを集め、紙屑かごに掃き出す。

厳密に言うと、これは善良な市民のやるべきことではない。消しゴム、といっても実は最近はプラスチックの方が多いわけだが、いずれにせよそのカスなのだから、これは燃えないゴミである。紙屑かごに捨ててはいけないのである。

けれども、何となく「まあそこまで目クジラ立てなくても」と思ってしまうのは、たぶん消しゴムというものが、我々がゴミを分別するようになる以前の時代に属している商品だからではないだろうか。マックだのＩＢＭだのでバリバリに九〇年代していても、鉛筆を持って消しゴムを脇に置き原稿用紙に向きあえば、人はつかのま昭和に戻ることができる。

寺山修司に「消しゴム」という童話がある。

何でも消せる消しゴムを古道具屋で買った少年水夫が、思いを寄せる年上の婦人の男ともだちを片っ端から消しはじめたはいいが、間違って婦人本人まで消してしまう。少年は絶望のあまり自分を消そうとするが、「もう大分使ってきた消しゴムは、ジョニーを半分消したところですりへってなくなってしまったのです。／かわいそうに、半分消えた少年水夫のジョニー、下半身だけ消えてしまった少年水夫のジョニーは、青い月夜の港町を新しい消しゴムをさがして、泣きながら旅立って行ったそうです」。ほとんど物語の骨組だけから成る小品のなかで、消したいものがあったら手前にガラス板を持ってきてそのガラスをこする、という細部だけが妙に現実的で記憶に残る。「消しゴム」が収められた童話集『赤糸で縫いとじられた物語』（新書館）のなかには、消しゴムに恋をした女の子の作った詩も出てくる。

消しゴムがかなしいのは
いつも何か消してゆくだけで

だんだんと多くのものが失われてゆき
決して
ふえるということがないということです

これもまた、寺山修司一流の感傷に貫かれた「消しゴムの哀しみ」を語っている。もちろんその哀しみは、時の流れという、世界で一番残酷な消しゴムを遠慮がちに連想させることによって読む者の心を打つわけだが、ひるがえって自分のまわりの現実を見るや、失うことが怖いばっかりに、これも消しちゃいけないあれも消しちゃいけないと溜め込んだ物たちに、すっかり空間を占領されてしまっている。残念ながらそこは、寺山修司の上等の感傷から、これ以上はないというくらい隔たっている。

消しゴムをアメリカ英語でいえばeraser、イギリス英語だとrubberということも多いらしい。そもそもゴム一般のことをrubber（こするもの）と呼ぶのは、十八世紀後半、ゴムが字消しに使えることがわかったからだという（それまでは軟らかいパンを使っていた）。ただし、アメリカでrubberというと、むしろコンドームを指すことの方が多いので「要注意」、と『新和英中辞典　第四版』（研究社）にはある。rubberを使ったら亀の頭が消えちゃって……なんてね。

消しゴムという商品のうるわしい点は、今日ではほとんど完璧な民主性が達成されているというか、要するに、「いい消しゴムが欲しいけど高いので安いやつで我慢する」ということがまずなくなっていることだろう。消しゴムは「日本では明治維新後に鉛筆といっしょに普及したが、一九一〇年代までは輸入品のみで、A・W・フェバーのクジラ印が最高級とされていた」と『平凡社世界大百科事典』にはある。「クジラ印が最高級」というスノビズムも悪くないが、わずか数十円でかつての「クジラ印」におそらく劣らぬ性能が得られるというのは、やはり偉大である。

消しゴム付き鉛筆、といういかにもアメリカ的な商品もあるが、言うまでもなく性能的にはぐっと落ちる。やはり、鉛筆は鉛筆、消しゴムは消しゴムである。尾辻克彦の「黒い山」（『お伽の国の社会人』PARCO出版）では、「むかしむかし、ある原稿用紙に、鉛筆と消ゴムが住んでい」て、鉛筆は山へ柴刈りに、消しゴムは川へ洗濯に出かける。消しゴムは洗濯に精を出しすぎて、汚ればかりか、洗濯物自体まで消してしまう……。

尾辻克彦がまだ存在しなかったころ、赤瀬川原平の名で出した『少年とオブジェ』

（ちくま文庫）に収められたエッセイ「消しゴム」のなかの消しゴムは、洗濯ばあさんどころではすまない。「消しゴムは超現実からのスパイなのだ。現実の空巣ねらいにやってくる。あれは万引きです。犯罪者だ。表面は柔らかそうな顔をしていて。そうでしょう。消しゴムがスパイではないという人がいたら証拠を見せてほしい。消しゴムがこの世から逃げも隠れもしないという証拠を。屁理屈ではなく現実を並べてほしい」。この「そうでしょう」というところがすごいですねえ。最高です。

鉛筆の歴史については、物の歴史を専門にしているアメリカの学者ヘンリー・ペトロスキーが大著を書いていて、最近翻訳も出たが（『鉛筆と人間』晶文社）、消しゴムの歴史を論じた本というのは見たことがない。鉛筆が主、消しゴムが従、という図式はやはり否定しがたい。会社名だって、鉛筆、消しゴムの両方を作っていても、「トンボ鉛筆」だったり「三菱鉛筆」だったりで、「トンボ消しゴム」「三菱消しゴム」では決してない。そもそも本来的に、自己実現と自己消滅とがつねに並行して起きる商品だから、歴史におのれの刻印を残すということもありえないのかもしれない。

（1995. 6）

コリヤー兄弟

The Collyer Brothers

一九〇九年、両親の離婚を機に、ホーマーとラングリーのコリヤー兄弟二人がマンハッタン五番街二〇七八番地の屋敷で暮らしはじめた当時、三階建ての屋敷の建つ界隈はまだ高級住宅地であった。当時ホーマーは二十七歳、ラングリーは二十三歳。それぞれ弁護士、エンジニアの資格を有する、資産も教養もある前途有望な二人の青年だった。

それから三十八年が過ぎた、一九四七年三月下旬、世捨て人同然にひっそり暮らしてきたこの兄弟が、半月あまりにわたって新聞紙上を賑わせることになる。三十八年のあいだ、他人が入ったことはたった二度しかなかったコリヤー邸から、二つの死体と、総計一二〇トンに及ぶ物品が発見されたのである。

ニューヨーク市警と公共管財局は、二週間あまりかけて、九部屋の朽ちかけた屋敷から、グランドピアノ十四台、パイプオルガン一台、T型フォード車のシャーシ、壊れた発電機、馬車の屋根、時計十個、ラッパ三丁、バイオリン五丁、一万五千冊の医学書、その他数千冊に及ぶ書物、そして、きちんと束ねて天井まで積み上げられた膨大な量の新聞等々を発掘した。

発端は、三月二十一日、チャールズ・スミスと名のる男からニューヨーク市警にかかってきた、「五番街二〇七八番地に死者が出ている」という謎の通報電話だった。現場へ赴いた警官たちが通報の真偽を知るのは容易ではなかった。厳重にロックされた玄関はどうにも歯が立たず、窓にも板が打ちつけられ、やっとのことで地下室の鉄扉をこじ開けたものの、ぎっしり溜め込まれた物たちが行く手をふさいでいた。地下室の裏のドアも開けてみたが、これまた膨大な量の物たちが通行を不可能にしていた。午後十二時十分、到着から二時間あまり経って、結局二階の窓から屋敷に入った警官が、死後およそ十時間経ったホーマー・コリヤー（当時六十五歳）の死体を発見した。暴力の形跡はなく、手元にはしなびたリンゴの芯が一個あった。だが、弟のラングリー（六十一歳）が発見されるには、毎日数百～数千人の野次馬に囲まれながらの、二週間以上にわたる捜索が必要であった。

＊

一九〇九年以来、人づきあいもほとんどせずに暮らしていたホーマーとラングリーは、年月とともに近所の住人が様変わりし、街もすさんでいくなか、ますます屋敷に籠りがちになっていった。ニューヨークにしては例外的に日当たりのよかった、三方にふんだんに窓のあった邸宅は、窓ガラスが割れるたびに、板や毛布や新聞の山でふさがれていった。一九三二年、ホーマーが、五十歳で海事弁護士の職を退いて以来、兄弟の隠遁はほぼ完全になった。莫大な現金を屋敷に隠し持っていると近所では噂されながら、電気代もガス代も払わず(三十八年のあいだに他人が邸内に入った二度のうち一度は、ガス会社の係員がガスメーターを取り外しにくるという事態であった)、一時は発電機で自家発電を試み、料理も小さな石油ストーブで済ませた。水は四ブロック離れた公園まで汲みにいった。

退職した翌年、ホーマーの目が見えなくなっても、兄弟は医者を呼ぼうとしなかった。「我々は医者の息子ですからね」とラングリーはごくたまに接する近所の人々に説明した(彼らの父親はマンハッタンでもよく知られた婦人科医であった)。「病気の治し方くらい自分でわかります。正しい食事をすればよいのです」。彼らが選んだ正しい食事とは、週に百個のオレンジを食べることだった。この食餌療法も空しくホーマーの視力は回復せず、一九四〇年には体全体が麻痺してしまい、以後は弟ラングリーの世話を受けて生き延びる日々がつづいた。

ラングリーは兄に献身的に尽くした。夜も更けてから、いまやもっぱら黒人の住むハーレムに変容した街を、紐をつけた段ボール箱を引きずりながら歩いて食べ物を漁り、親切な肉屋から肉のかけらを恵んでもらったりした。時には一斤のパンを手に入れるために川を越えてブルックリンまで歩いていくこともあった。そして時おり、兄を慰めようと、ラングリーは十四台あるグランドピアノのどれかに向かい、かつてプロのピアニストでもあったその腕を振るった。気の遠くなるほどの量の新聞をきちんと束ねてあるのも、ホーマーの目が治ったら読めるように、という配慮からであった。

これだけ奇異な暮らしをして、近所の目を惹かないはずはない。大金を貯めこんでいるという噂以外にも、邸内は宮殿のように豪華に飾られているのだとか、通りの向かいにある（これもかつては兄弟が所有していた）あばら家とのあいだに秘密の通路があるのだとかいった噂が、やがて伝説と化していった。

巨万の富が隠されているかもしれないとなれば、当然、泥棒が目をつけぬはずはない。が、何度か侵入を試みた彼らも、ラングリーが屋敷内のあちこちに仕掛けたワナ（ぎっしり押し込まれた物の山をちょっとでも動かすと、ゴミが大量に降ってくる）に阻まれ、あえなく退散せざるをえなかった。結局、前述のガスメーターの一件と、一九四二年、錠前屋を連れた保安官代理数名が、銀行の要請に応じて屋敷を抵当流れ処分にする目的で玄関をこじ開けたとき以外、コリヤー邸に足を踏み入れた者はいなかった（このときは結局、ラングリーが銀行にしかるべき額の小切手を送って処分は中止されたが、くだんの錠前屋は「千ドル貰ったってもう二度とあんなところへは行かない」と述べたという）。

ラングリーの死体発見に二週間以上の時間を要したのも、これらのワナに妨害されたのが一因であった。それでなくても、屋敷内どこも、ぎっしり詰め込まれた物たちのあいだを縫うようにして作られた狭いトンネル以外通行の手段はなく、しかもアメリカじゅうからにわかに出現し相続権を主張しはじめた自称親戚にやかましく言われるせいで物を乱暴に放り出すこともできず（窓から何か物が投げ出されるたびに集まった群衆は歓声を上げた）、当局としては一日一部屋捜索するのが精一杯であった。ニューヨーク住宅局の見積もりでは、コリヤー邸の床では一平方メートルあたり二百キロ以上物を載せるのは危険ということだったが、実際には平均して約四百キロ載っていた。

＊

はじめのうちは一面で大々的に報じていた新聞も、ラングリーがなかなか見つからないものだから、だんだんネタがなくなってくる。謎の通報から五日後、三月二十六日の『ニューヨーク・タイムズ』は、屋敷で見つかった八匹のネコの報道に一段落を割いている。「そのうち一匹は黒白ぶちの雄猫で、右前足を怪我していたため、全米動物愛護協会に連れていかれた」。あるいはまた、「ジャック・ロンドン著『鉄の踵』、子供用玩具自動車、女性用帽子三つ、カーテンリング一箱、緑色のバスの玩具、鉛管若干、一九一四年二月二十七日メトロポリタン・オペラで上演された『魔笛』のプログラム」といったふうに、前日の発見物件を列挙するのも定番化していった。ラングリーとよく似た人物がアパートを探しにきたと主張するブルックリン在住の不動産業者も、つかのま話題の人となった。

四月八日、ホーマーの死体発見から十八日後、顔は部分的に腐敗し、足もネズミにかじられたラングリー・コリヤーの死体が、一メートル以上積もったゴミの山の下から発見された。おそらくは、いつものように兄に食べ物を運んでいく最中に、自分で仕掛けたワナに引っかかってしまい、トンネルから出られずに窒息死したものと警察は判断した。彼の方がホーマーより先に死んだことは明らかだった。忠実な弟の奉仕がとだえたせいでホーマーも餓死に追い込まれたことは間違いなかった（死体解剖でも、死ぬ前何日も食べ物を腹に入れていなかったことが判明した）。トンネルに閉じ込められたラングリーの指は、無力な兄の方向に向かって伸びていた。二人の死体は三メートルしか離れていなかった。

ほぼ四十年にわたってコリヤー兄弟が拾ったり買ったりしてため込んだ一二〇トンの物たちは、結局その大半が競売で売却された。

（1996．3）

（※『ニューヨーク・タイムズ』一九四七年三月二十二日〜四月十日／『ライフ』一九四七年四月七日／『タイム』一九四七年四月七日／『ニューヨーカー』一九四七年四月五日、六月十四日、二十一日／ジェームズ・トレーガー『世界史大年表』鈴木主税訳、平凡社／『グランド・ストリート』54号一九九五年秋「空間」特集／協力・東京大学教養学部アメリカ研究資料センター）

自転車に乗って

Half-Way to Being a Bicycle

地上を移動するために、人間の筋力がもっとも効率よく発揮されてその目的を達成できるのが自転車である。人間の筋力と技能が要求されて目的を成就することができるのが道具であるとすれば、自転車はマシンというよりも道具というべきであり、二十一世紀に継承される数少ない道具のなかの一つであろう。

（内田謙『日本大百科全書』小学館）

都会はもう二十世紀をひた走っているのに、ここはまだどっぷり前世紀に浸かったポーランドの片田舎のユダヤ人集落。「ものすごく大きい鉄の虫」を見た、と主張する子の話を、みんなはてんで信じずに聞いている。

「で、お前、その虫に刺されたわけ?」と僕はあざ笑って言った。

「馬鹿なこと言うなよ。子供が乗ってたんだよ、虫に」

「ふうん、馬みたいにか?」

「うん、ただ馬よりずっと痩せてたな……骨が見えたよ」

(メルヴィン・ジュールズ・ビュキート「キルトと自転車」Melvin Jules Bukiet, "The Quilt and the Bicycle" in *Stories of an Imaginary Childhood* [Northwestern University Press])


やがてみずからもその「虫」を目撃し、自転車が欲しくてたまらなくなった「僕」は、ユダヤ民族の証しともいうべき大事なキルト(「僕のキルトは眠りの袋だった。パンケーキのなかのジャムみたいにキルトの下にくるまれた僕は、窓の霜からも守られていた。寒気も、病も、そのパッチワークを貫くことはできなかった。恐怖も、幻滅も、落胆も」)を自転車と交換してしまう。どういう展開になるか、まあだいたい見当はつく。ユダヤ系文学で、ユダヤ人としてのアイデンティティを「捨ててよかった」という話にはお目にかかったことがない。

映画のなかの自転車というと、『E.T.』の「空飛ぶ自転車」のメルヘン的場面あたりが今日では一番ポピュラーかもしれないが、個人的に応援したいのは、もっとずっと暗い、ご存じ『自転車泥棒』。失業者のあふれる、終戦直後のローマ。自転車持参の条件で職にありついたものの、働き出したとたんに自転車を盗まれてしまった男が、子供を連れてローマの街を自転車を探して歩く。とうとう、絶望のあまり、子供の見ている前で、他人の自転車を盗もうとしてつかまってしまう……。

つげ義春もこの映画を絶賛していたが、そのつげ義春の漫画にも自転車がよく出てくる。「ひどく外がふくらんでいる」気がして自転車で行きつけの喫茶店へ行ってみたら、いつのまにか改装されて豪華なダンスホールになっている。主人公がテーブルのかたわらに自転車を置き、「恥かしいな　こんなボロ自転車を大切そうに」とうつむいているシーンが妙に切実（「外のふくらみ」、『必殺するめ固め』所収、晶文社）。どうも自転車には暗い雰囲気が似合う。あ、でも小津安二郎監督の『晩春』の明るい自転車シーンはいい。原節子が、いつになく屈託のない笑顔を浮かべて鎌倉の海岸を走る姿は本当にさわやかだ。でもこれも、ここで一緒に走っている宇佐美淳と彼女が結ばれないことが、こちらにわかっているせいかもしれない。

いまやすっかり自動車社会のアメリカでは、自転車の出る幕などないと思っていたので、シリ・ハストヴェットの新作『リリー・ダールの魅惑』（Siri Hustvedt, *The Enchantment of Lily Dahl* [Henry Holt]）にはちょっと驚いた。田舎町に住む十九歳のリリー・ダールは、いつの日かニューヨークへ行くことを夢見てお金を貯めているので車も持たず、どこへ行くにも自転車。

風を顔に受けながら、リリーはいっそう力を入れてペダルをこぎ、トウモロコシ畑の方に目をやった。広い、平べったい畑に並ぶ茎はまだ短いが、日増しに伸びてきている。空は昨日とはうって変わって晴れわたり、太陽が顔に熱かった。

リリーは自転車の鍵をつかんで、番号をまわしはじめた。数字を見るために、小さな輪のすぐそばまでかがみこまねばならず、またしても、背中がひどく無防備な気がした。彼女は鍵をぐっと引いた。開かなかった。すごくゆっくり、もう一度数字を合わせた。

リリーはペダルをこぎはじめた。「ノー！」と彼女は言った。その「ノー」が、あたりの空気に反響するように思え、ほんの数秒後には、自転車のタイヤが鉄道の線路の上を弾むのを彼女は感じていた。

——といった、一つひとつは何ということのない描写がくり返されるうちに、彼女そっくりの謎の娘が町のあちこちに出没するなか、見えない悪意が自分に迫ってくるのを感じているリリーの抱く、自分の「無防備」(vulnerable)であることの心細さ、そしてその裏返しの倒錯的快感とが、じわじわ伝わってくる。彼女が自動車で街を回っていたら絶対こうはいかない。前作『目かくし』のアイリスを包んでいた、皮膚が文字どおり人より薄いような心細さが、今回は自転車という客観的相関物を得て、より雄弁に表現された。

しかし、最大の自転車小説と呼ばれる栄誉は、やはりフラン・オブライエンの『第三の警官』に与えられねばならない。話がはじまってまもなく主人公が死んでしまうにもかかわらず、本人はそれに気づかず最後まで来てしまうというこの怪著で大きな位置を占めているのが、ド・セルビィなる思想家の思想(「光が空間を移動するにも時間はかかるわけだから、鏡を無限に向き合わせれば昔の自分が見えるはずである」とか)と、もうひとつ、自転車である。

「マイケル・ギラーニィは」と巡査部長が言います。「原子説の原理によって多大の影響を蒙っている男の一例なのだ。彼が半ば自転車であるという事実はあんたを仰天させることになるだろうか？」

「仰天も仰天、無条件の仰天です」とぼくは言いました。

「マイケル・ギラーニィは」と巡査部長が言います。「六十に手の届く年齢であって、これは簡単な計算によって推定しうるのだ。この算定に間違いがないとすれば、彼の人生のうち少くとも三十五年間は自転車の上で費やされたことになる――岩だらけのごろごろ道やら上り坂に下り坂を乗りまわし、それに冬のさなかの道なき道では深い溝に飛びこんだりして。毎時間ごとに彼はかならず自転車にまたがっているのだが、それはどこやら特定の目的地目ざして走り去るところか、あるいはそこからの戻り途かのどちらかなのだ。月曜日ごとに彼の自転車が盗難にあうということがないとすれば、今頃は彼も間違いなく途の半ばを過ぎている頃合いだ」

「どこへ通じる途の半ばなんですか？」

「彼自身が自転車と化する途の半ばだ」と巡査部長が言いました。（大澤正佳訳）

接触している二つの物体にあっては、原子が少しずつ行き来しあうことによって、物体Aは次第に物体B化していき、物体Bは逆にA化していく。この原理的にはむろん正しい「原子説」にしたがって、アイルランドの警官はみな自転車化しつつあると巡査部長は説く。ここで名の挙がっている警官ギラーニィには特にその傾向が著しく、すでに四十八パーセントが自転車化しているという。むろん、ギラーニィの自転車が四十八パーセントギラーニィ化していることはいうまでもない。

巡査部長の曾祖父は、一頭の馬に長年乗りつづけたため、晩年は「外的な外面」をのぞいてはほとんど馬になりきっていたという。馬の方は、若い娘にくり返しちょっかいを出して射殺されてしまったが、巡査部長に言わせれば、射殺されたのは曾祖父であって、墓地に埋葬されているのが馬なのである。

そういえば最近、十何パーセントかコンピュータ化していると考えると合点のいく人間がけっこういるように思うし、睡眠が何より好きな僕の同居人は、心なしか蒲団化してきた気がする。

(1996. 12)

フィラデルフィア、九十二番通り

92nd Street, Philadelphia

眼の飛び出した女の話というのは（もちろん読者はひょっとすると以前に聞いたことがあるとお思いかもしれない）、ロンドンからほど近い森に子供たちを連れて散歩に行く、ある夫婦の話である。末娘がひとりで遊んで駆け回っていると、やがて姿が見えなくなる。家族は心配しはじめる。呼んでみても反応がない……どうしたものだろうか。二手に分かれていざ捜索に出ようというその時に娘は戻ってくるが、無邪気に微笑みながら、自分のせいで家族が心配しただろうかなどと思っている様子はさらさらない。それからの数日、街に戻ってからのこと、家族は娘の様子がおかしいことに気づく。時間が経つにつれて漠然と家族は疑う。あの日の午後、森のなかから戻ってきたのは自分たちの娘ではなく、実は、よく似た別の少女だったのではなかったのか、と。（青木健史訳）

現代アルゼンチンの作家エドゥアルド・ベルティによる、十九世紀アメリカの作家ホーソーンの短篇「ウェイクフィールド」を下敷きにした中篇小説『ウェイクフィールドの妻』(新潮社)の一節である。さすがはホーソーン作品を素材とした小説、ある人がある人であることの根拠なんて実は疑わしいものだと知っていたホーソーンの特質をうまく再現したエピソードを盛り込んでいるなあ、とかねてから感心していたのだが、実はこれは単なる僕の無知による思い違いで、このエピソード、本当にホーソーンがノートブックに記したものなのだと先日知った。

そのことはベルティも、「読者はひょっとすると以前に聞いたことがあるとお思いかもしれない」とほのめかしているわけで、そのへんの機知もいい感じだが、いずれにせよ、若いころのホーソーンは、こういう小説のアイデアを、ノートブックにいくつも書きためていたのである。たとえば——

ある金持ちの男が、遺言によって、自分の屋敷と地所を、貧しい夫婦に与える。夫婦が屋敷に移ってくると、そこには陰気な召使いがいるが、遺言によって、この召使いを追い出すことは禁じられている。召使いは二人にとって、拷問のよう

な責め苦となる。そして結末で、この召使いが、地所のかつての主人であることが判明する。（柴田訳）

すごく想像がふくらむ話である。貧しい夫婦にしてみれば、自分たちより前から屋敷に住んでいた召使いは、階級的には自分たちより下でも、ただでさえおっかない存在だったにちがいない。ヒッチコックの『レベッカ』でも、マンダレーのお屋敷に連れてこられた若妻が、陰気な女中頭にひどくびびっていた……。

ただ、その召使いがさらに「地所のかつての主人」だったというのがどういう意味なのか、実はよくわからない。前の前の主人であったのが、奇妙な遺言を遺した男にすべてを奪われたということか？　そして、お情けで、かつての自分の館に住まわせてもらっていたのか？　遺言男はそのお情けを、自分の死後にまで延長してやったのか？

それとも、この「地所のかつての主人」というのは遺言男その人であって、実は彼は死んでなどいなくて、だがなぜか金持ちの男であることが嫌になって、みずから己の所有する館の召使いとなった（が、館から追い出される危険はあらかじめ排除しておいた）ということか？　こっちの方が不可解で面白い。

若いころの『アメリカン・ノートブックス』は、何しろホーソーンがまだ作家志望のひきこもり青年だったこともあり、このような創作ノートが中心だが、リヴァプールの領事を務めた時期に書いた『イングリッシュ・ノートブックス』や、イタリアに住んだ時期の『イタリアン・ノートブックス』ではもう少し普通の日記に近く、日々の体験や出会った人間について書いている。だがそうして出会った人間も、どこかホーソーンの小説めいていたりする。

＊

たとえば、『イングリッシュ・ノートブックス』に記された、「フィラデルフィア、九十二番通り」で生まれ育った男の話。ノートの日付は、一八五七年九月六日。

領事館に何度か物乞いに来た人物がいる。身なりもひどく粗末な年老いた男で、アメリカ人だと言っている。言いようもなくみすぼらしく、痩せこけ、ふさぎ込んで、さも腹を空かしている様子だが、鼻だけは妙に大きくいくぶん赤い。本人いわく、なりわいは印刷工で、生まれはフィラデルフィアだというが（九十二番通りだとか何とか）、十七年前に英国に来て以来ずっと帰れずにいるという。故郷に帰りたくてたまらず、さも率直そうな顔で言うことには、「旦那、あっしはこっちよりあっちがいいんです」。物腰を見ても訛りを聞いてもアメリカ人とは信じがたいし、本人にも面と向かってそう言うのだが、それでもまだ、「旦那、あっしはフィラデルフィア九十二番通りに生まれ育ったんです」と言い張り、かつて慣れ親しんだ公共建築など、地元の事物を挙げてみせる。こっちがきつい口調で話しても気を悪くはせず、相も変わらぬふさぎ気味の調子で答え、なおも九十二番通り云々と言い張る。なにがしかの小銭をやると帰っていき、何か月か間《ま》を置いてまたやって来て、あちこち放浪した話、時おり半端な仕事に就いた話を語り、あるいはまた、どこぞのアメリカ人紳士に時間さえあったら君にアメリカ行きの船を取ってやれたのになあと言われた話をしたかと思えば、昨日は何も食べ物にありつけませんでしたとか、ああ本当にフィラデルフィア九十二番通りを離れるんじゃなかったとか。にもかかわらず、この男が一度でもアメリカを目にしたことがあるとは私には思えない。要するにこれは、英国中にいるもろもろの放浪者の一種にすぎない。だがもし、男の話が本当なら、だとしたら何と哀しく、奇妙な運命か！　異国の地にあって住む家もなく、つねに祖国の方に目を向けて暮らし、何度も何度も、かくも多くの者たちがその祖国へ向けて——じきに九十二番通りの路面を闊歩すべく——船に乗り込む場にやって来て、長い年月が経つうち、アメリカ人らしさも失い、ついには息絶え、生涯逃れられなかった地の土の一部となるべく己の身を捧げるとは……。（柴田訳）

ホーソーンはひとまずここで、男の話に惹かれながらも、「この男が一度でもアメリカを目にしたことがあるとは私には思えない」と言っている。ところが面白いことに、このノートブックに基づいて数年後に出版した英国体験記 *Our Old Home*（一八六三年刊）では、「私はこの男の話を信じる」と書いている。男がはからずも英国に住んでしまった年月も、なぜか十七年から二十七年にのびている。そしてホーソーンの想像はふくらみ、もしこの男が念願かなってアメリカに帰ったとしたら、元いた家も村もなくなっていて、家族も友ももはやこの世になく、一人寂しく救貧院で死んでいっただろう、と書いている。英国にとどまっていたら、名物乞食として人々から最低限の好意は期待できたのに……。作家はこういうふうに事実を改変し、より真なる物語に近づいていくのか、という実例が見られて面白い。

もっとも、おそらくノートブックの時点でも、この男の言い分が本当だというバージョンにホーソーンは心の底で惹かれている。そうしたバージョンの方が物語的に正しいことに、彼の作家的本能はすでに勘づいているのだ。

そう、だから、もしあなたが子供たちを連れて森へ散歩に行って、子供のうち誰かがいなくなったのちやがて戻ってきたら、それは別の子供だと考えるべきなのである。かりに事実の次元で文字どおり別の子ではなくても、真実の次元ではもう絶対に別の子なのだ。

(2005. 10)

活字について

On Typefaces

古いテクノロジーが新しいテクノロジーにとって代わられるとき、古いテクノロジーはしばしばほとんど自然の一部と思えるようになる。エアコンが日常化してからは、扇風機の風を誰も人工的なものとは考えなくなった。だが昔は、扇風機の風に当たりすぎるのはよくない、眠っているあいだずっと当たっていたりすると命を落としかねない、などと言われたものである。あるいはまた、ＣＤが主流になって以来レコードはアナログ盤と呼び名も変わり、あたかも自然の音そのもののように有難がられている。そして真空管アンプの音はトランジスタアンプに較べ「温かく」て「優しい」。紙に印刷された活字と、液晶画面などで見る「フォント」との関係も同じようなものだろう。かつては、あまり本を長時間読むのは目によくない、などと言って、実際目が疲れる気がしたものだが、最近は、パソコン画面を長時間見たあとに紙の活字を見ると、ほとんど目が休まる思いがする。まあ実は、新聞をはじめとして、活字がどんどん大きくなってきているということもあるのだが。

テクノロジーの進歩とは自然からの更なる逸脱のことだとも言えそうだから、古いテクノロジーが自然の一部のように感じられるのも、それこそ自然なことなのかもしれない。しかし、そうはいっても、古いテクノロジーだって、やっぱり自然からの逸脱なのである。電車などで誰も本を読まなくなって、みんなが携帯電話の画面に見入っていることを嘆く発言をときどき目にするが、宇宙人の目から見ればそれもおかしな話で、いま・ここの空気や匂いを離れて別の時別の場所をめぐる情報に見入っている、という点では紙だろうが液晶だろうが似たようなものである。情報の多さ、複雑さ、などを理由に活字の優位を唱える人もいるし、それも文脈によっては正しいだろうが（たとえば僕も、学習用に辞書を使うなら電子辞書より紙辞書の方がいいと思う）、携帯は携帯で、紙にはできないジャンプや検索が可能なのだから（なんですよね？　携帯持ってないのでよくわかりませんが）、いちがいに紙の方が情報が豊かとは言えまい。活字情報は豊かで液晶情報は貧しい、みたいに言うのは、目くそが鼻くそを笑うに等しい。

まったくの想像にすぎないが、文字が発明されて、一部の人間が石板やらパピルスやらに訳のわからないへにょへにょを刻みはじめたときも、せっかく神様がこうして目の前に太陽や花々や鳥の声を与えてくださるのに、なんだってわざわざいま・ここから離れる必要があるのか、と嘆かわしく思った人もいたのではないか。文字が発明された時点で、人間はもう十分自然から逸脱したのである（むろんそれを言い出せば、言語の発生そのものが自然からの逸脱だった）。

——と、僕の中の宇宙人は言う。

とはいえ、僕にしても、百パーセント宇宙人でできているわけではない。僕の中の、二十一世紀日本に住みながらテクノロジーの革新におおむね屈折した感情を抱いている（例外、ウォシュレット）地球人はそこまで巨視的にはなれない。やっぱり目くそと鼻くそでは、違うのではないか？　誰かに目くそをなすりつけられたらそりゃムカッとするけど、鼻くそをなすりつけられたら、ムカつき方はより大きいのではないか？

だから、電車に乗っても、誰かが本を読んでいたり携帯画面を見ていたりすると、どっちでも同じことだと僕の中の宇宙人は思う一方、僕の中の地球人は、本を読んでいれば何となく嬉しいし画面に見入っていたら何となく寂しい気がする。地球人と宇宙人のどっちが僕の中の与党なのかは、けっこう微妙でよくわからないが、本を読んでいる人がますます減り画面に見入る人がますます増えている昨今、地球人的感情がつい高まるのは避けられない感がある。何年か前アメリカの漫画家アート・スピーゲルマンに会ったとき、最近じゃ漫画でも何でもとにかく印刷物を読んでいれば知性のしるしに思えてくる、と言っていたが、それがほんとに冗談でなくなってきた（まあアメリカの場合、携帯画面に見入る人間は皆無に等しいなかでそういう感慨が出てくるわけだから、問題はさらに「深刻」――それが「問題」であるとして――なのだが）。

そういうわけで、活字対ドット集積物、という違いが今日では大きく目立ってしまっているので、さまざまな活字間の違いなどを考えてもあんまり意味はない気がするのだが、活字やレイアウトがたとえば小説なら小説を読む体験にどれくらい影響するのか、前々からちょっと興味がある。そういうことは計量的に測定できるものなのかどうかわからないが、たとえばいまをときめく（！）ドストエフスキー『カラマーゾフの兄弟』新訳（亀山郁夫訳、光文社文庫）の、大きな活字、さらには思いきり改行を増やした組みで読んでいると、昔岩波文庫の小さな活字で読んだときの（当然古本屋で買ったので紙も薄黒かった）、自分が地下室の手記作者になったみたいな閉塞感とは違って、もっと開けた、スピード感に貫かれた空間にいる気がしてくる（『カラマーゾフの兄弟』の場合はドタバタ小説の要素もけっこう大きいと思うので、あのスピード感は作品のスピリットにかなり合っていると思うが)。

そういった問題を嫌でも考えさせてくれるのが、グレアム・ロールという人が書いた『女性の世界』という小説である (Graham Rawle, *Woman's World*, Atlantic Books, 2006)。

——左ページのとおり、「書いた」というより「切り貼った」小説。

表紙には、タイトルに添えて、"a graphic novel"という説明がついている。これからしてすでにジョークである。つまり、最近は漫画もその一部はずいぶん文学化してきていて (クリス・ウェア『ジミー・コリガン』〔Presspop Gallery〕などはたしかに素晴らしい)、そういう高級な漫画を graphic novel と呼ぶことが多くなってきたが、この本はそれとは全然違う意味で「図画的な小説」というわけである。もっぱら一九六〇年代の女性誌を切り貼りして作ったというこの小説、我々の思考や感情がいかに「出来合い」であり「借り物」であるかを愉快に——かつけっこう恐ろしく——再確認させてくれる。

ここまで極端でなくとも、英語圏の書物の場合、やはり学術書なら学術書っぽい字体、といった違いはある。書物の一番最後に、使用した字体に関する説明がときどき

What

IS YOUR IDEA of a perfect home? Do you long for a gracious way of living that provides comfort without clutter and an atmosphere of charming elegance throughout the whole house?

I like things to be just so in my home. Mary, my housekeeper, never stops teasing me about it— though I'm sure that deep down she understands.

A richly coloured carpet that gathers the whole room together in a warm glow of friendliness. A cheerful kitchen warmed by a fire that never dreams of going out. *The* brilliant shine on new furniture, in five lovely wipe-clean *DEEP GLOSS* colours that invitingly wink the warmest of welcomes.

It's what any woman wants when she loves her **HOME**. And I'm really not much different from other women.

When, like today, my brother, *Roy*, is 'on vacation' (as the Americans call it), my entire day is filled with womanly pursuits and the house is alive with feminine appeal. **NO** shirts tossed over the chair; no muddy brogues

付されていて、あれはなかなか読んで楽しい。例を挙げれば——

This book was set in a typeface called Baskerville, a modern recutting of a type originally designed by John Baskerville (1706-1775). Baskerville, a writing master in Birmingham, England, began experimenting in about 1750 with type design and punch cutting. His first book, published in 1757 and set throughout in his new types, was a Virgil in royal quarto. It was followed by other famous editions from his press. Baskerville's types, which are distinctive and elegant in design, were a forerunner of what we know today as the "modern" group of typefaces.

（本書は、元来ジョン・バスカヴィル〔一七〇六―七五〕のデザインになる字体の現代版「バスカヴィル」を使用している。イングランドはバーミンガムの習字教師であったバスカヴィルは、一七五〇年頃より書体のデザインや母型彫刻に手を染めた。一七五七年、最初に刊行した書物は、自作の新しい活字を一貫して使用したロイヤル四折り判のヴェルギリウスであった。その後も著名となる版を続々刊行。バスカヴィル活字のデザインは独特かつ優雅であり、今日「近代的」と称される活字群の先駆と言ってよい。）

This book was set in a digitized version of Granjon, a type named in compliment to Robert Granjon, a type cutter and printer active, in Antwerp, Lyons, Rome, and Paris, from 1523 to 1590. Granjon, the boldest and the most original designer of his time, was one of the first to practice the trade of type founder apart from that of printer.

Linotype Granjon was designed by George W. Jones, who based his drawings on a face used by Claude Garamond (c. 1480-1561) in his beautiful French books. Granjon more closely resembles Garamond's own type than does any of the various modern faces that bear his name.

（本書はロベール・グランジョンに敬意を表して名付けられた活字「グランジョン」のデジタルバージョンを使用している。グランジョンは一五二三年から九〇年、アントワープ、リヨン、ローマ、パリで活動した活字製作者、印刷業者。当時もっとも大胆かつ独創的なデザイナーであったと同時に、印刷業とは別個に活字鋳造を独立で営んだ先駆者でもある。

ライノタイプ・グランジョンのデザインはジョージ・W・ジョーンズによる。そのドローイングはクロード・ギャラモン〔一四八〇頃―一五六一〕がフランスで刊行した美しい書物で用いた書体に基づく。近年、ギャラモンの名を掲げる字体は数多いが、グランジョンはそのどれよりギャラモン本人が用いた字体に近い。）

――最初は Victoria Glendinning, *Anthony Trollope* (1993) から、二番目は Milorad Pavić, *Dictionary of the Khazars* (translated by Christina Pribićević-Zorić, 1988) から。どちらも老舗の Knopf 社刊。ほかの本を見てみても、どうやらこの手の情報は Knopf 社がよく載せているようである。本の最後にはほかに、よく Acknowledgements（謝辞）があって、誰それが原稿を読んで意見をくれたとか部屋を貸してくれたとか書いてあって、友人関係や師弟関係などを垣間見ることができ、あれを面白いと思う人も多いようだが（謝辞を読むのが大好きだというポール・セルーなどは、「謝辞」という短篇まで――もちろん謝辞のフォーマットで――書いている。『Sudden Fiction 2 超短編小説・世界篇』柴田訳、文春文庫所収）、僕は個人的にはあれは作家の実像がちょっと生臭く見えすぎて、本を読み終えた直後にはできれば見たくないと思うことも多い。その点、活字の話は、内容とまったく関係がないので、読後の余韻に浸るのにはかえって好都合である。

アルファベットの場合、近年はいろんなフォントがコンピュータに入っているので、たまに英語で文章を書いたりすると、どうせ大した中身じゃないんだからなんだっておんなじだと思いつつもついあれこれ試してしまう（僕が一番よく使うフォントはPalatino Linotype)。前に業界誌で一度書いたことがあるのだが、英文科の卒論面接の時のこと、ハードボイルド小説を取り上げた、おそろしくテキトーな論文があって、査読者の一人だった僕が「君の論文でいいのはフォントがカッコいいことだけだ」と言ったところ、相手は本気で嬉しそうな顔になり、「ええ、パソコンに入ってるフォント全部試したんです！」と答えたのだった。

そのフォントが何だったかは、忘れた。

(2007. 11)

鯨の回想風

Deep-Fried Whale à la Réminiscence

運動会のリレーでもドッジボールでも何でもいいのだが、スポーツができる人間は共同体（クラス、チーム等）に貢献できるチャンスがたっぷりあるが、勉強というのは実は超個人主義だから、いくら勉強ができても共同体には何ら貢献できない。したがって一般論として、勉強ができてもちっとも人には好かれない。

それを実感したのは、たしか四年生のときのこと。いまから思うと大したことない話だと思うのだが、「知っている漢字を百書きましょう」と先生に言われ、そんなに気合いを入れたつもりはなかったのだが、（例によって）誰よりも早く書き終わってしまってボーッとしていたら、誰かが僕の書いた百漢字をのぞいて、「あーシバタずるい、『鳥』二度書いてるー！」と叫んだのである。

もちろん、そうではなかった。いまの僕はともかく、当時は同じ漢字を二度書くような間抜けではない。

僕は、「カラス」を漢字で書ける四年生だったのである。みんなにそう説明したのだが、誰も納得したような顔はせず、「ふん、頭いい奴って、なんかなぁ」という冷ややかな空気が流れただけであった。

優等生の悲哀。

まあ、優等生でもルックスがよかったり、性格が明るかったりしたら違うのかもしれないけど。

そんなわけで、子供のころ人に感謝されたり喜ばれたりした記憶がほとんどないのだが、一度だけひどく感謝されたことがある。脱脂粉乳が嫌いな女の子の脱脂粉乳を飲んであげたのである。いかにも「飲むの嫌《や》だなあ」という顔をしていたので、ふと気が向いて「飲んでやろうか」と言ったのだ。これは喜ばれた。しかも僕は、脱脂粉乳がそれほど嫌いではなかったので（好きだったのではない。脱脂粉乳が好きな奴なんかいない。どれだけ嫌いでないかの違いである）飲むのはそんなに苦ではなかった。

しかし、ほかにはこういう体験が（記憶する限り）全然生じなかったので、「自分が何かすることで、世界は好意を示してくれうる」という定理を学習するには至らなかった。

ああいうことがもっと頻繁に起きていたら、その後の人生、世界とのかかわり方も、もう少し変わっていたと思うのだが。残念である。

それはともかく。

学校給食は不幸なことにたいてい不味《まず》かった。「一夜漬け」なんて悪夢のように不味かった。もちろん、作ってくれた人たちのせいではない。いくらいまと物価が違うとはいえ、月三百円だか四百円だかの給食費じゃ美味《うま》いものなんて無理な相談である。

そのなかで、揚げパンと、鯨のから揚げだけは美味かった。揚げパンは油と砂糖がよくマッチしていたし、揚げるとパンはそんなに上等でなくてもそれなりに美味《おい》しく食べられた。

鯨のから揚げは、記憶のなかではウィンナーシュニッツェルみたいというかわらじみたいというか、すごく大きかった気がするのだが、まあたぶん大きめのコロッケ、メンチカツくらいだったのだろう。とにかく、給食で肉がかたまりで食べられるのは鯨だけだった（僕がたしか中学に上がるころには鶏肉《とりにく》の値段が急激に安くなるが、このころはまだ高くて給食とは無縁）。安い豚肉なんかだと脂ばっかりだが、鯨はスジは多くても脂はそんなにないし、こっちは虫歯ゼロだからスジはへっちゃらである。しょうゆ味がしっかり付いているのも嬉《うれ》しかった。

どちらも持ち運びが楽ということもあるのだろうが、何といっても人気があったので、揚げパンと鯨のから揚げは、誰かが病気で休むと家が近い奴が届けてやった。

このあいだ、平成の現代を生きる、僕によく似た生活力のない男が、僕が小学生だったころの昭和に迷い込んでしまう話を書いたのだが、男は知りあいもなく金もなく（言うまでもなく、持っていたクレジットカードも新一万円札もＳｕｉｃａもまったく役に立たない）、生きていくだけでも一苦労である。それでも何とか、犯罪を犯したりもせず男は生き延びる。ただしそんな彼も、一度だけ犯罪めいた行ないに走る——休んだ友だちに届けようと、鯨のから揚げを持って道を歩いている小学生から、から揚げをひったくるのである。相手は子供、つかまっても大したことはないのだが、あたかも警官の群れから逃げるかのように、男はから揚げを手に、空腹も忘れて死に物狂いで走る……。

僕はその後も鯨が好きである。高校生のときは、渋谷《しぶや》の「くじら屋」で昼のから揚げ定食を食べるのが最高の贅沢《ぜいたく》だった。たしか四八〇円だった（当時はロードショーが六百円くらい）。高校は赤坂見附《あかさかみつけ》にあったから、渋谷なんかに何の用があって行ったのか、さっぱり思い出せない。よその街に行くのは、ほとんどの場合中古レコード屋目当てだったが（新宿のトガワ、お茶の水ディスクユニオン……）、渋谷にはまだシスコもなかった（もちろんタワーレコードもＨＭＶもありません）。ただ単に鯨を食べに行ったとしか思えない。

いかん、文学食堂しないと。

とってつけたようであるが文学で鯨と言えばむろんハーマン・メルヴィルの『白鯨』である。西洋では捕鯨は油を採るためだけに行なうのであり、体の隅々まで食べたり肝油にしたりして活用する日本とは大違いであって、そんな西洋が捕鯨制限を日本に押しつけるとは何事かプンプン、という話はよく聞くけれど（というか僕がよくする。鯨に関してはワタクシはコチコチの国粋主義者である）、『白鯨』を読むと、鯨が仕留められたあと、ほとんど全部海に捨てられた鯨肉をサメたちが周りで貪《むさぼ》っているなか、二等航海士のスタッブが一人で鯨ステーキを食べるシーンが出てくる。

僕が初めて『白鯨』を読んだのは、大学五年のころ肝炎にかかって入院したときのことである。肝炎といっても、その時点ではもう自覚症状もほとんどなく、どこが痛いわけでもなく高熱に苛《さいな》まれるわけでもなく、しかし運動は極力避けねばならず、一か月ばかり、本を読む時間はたっぷりあった（またあんなふうに入院したい）。というわけで『白鯨』も、病院のベッドの上で最初から最後まで読みとおしたのだが、実は、捕鯨をめぐる詳細にして具体的な記述にせよ、メルヴィル特有の壮大な宇宙論にせよ、当時の僕の英語力・思考力ではほとんど理解できなかった。大半はただ目が字を追っているだけだった（いまもそういうことは多いが）。

ところが、この第六十四章、「スタッブの夕食」の巻は大変よくわかった（気がした）。何しろ、鯨を食べるという、大変親しみのある話なのだ。おまけに、入院生活で毎日きわめて単調な食事（すでに鶏肉は安くなっているから肉は圧倒的に鶏中心）でもあったから、ああ鯨が食べたいなあ、と切なく想いながら読んだものだった。捕り立ての鯨なんだから、刺身にしないのは実にもったいないと思うのだが、そこが西洋近代の限界、スタッブが所望するのもステーキである――もちろん、極力レアではあるけれど。

「さてコック、お前が焼いたこの鯨ステーキ、まったくもって不味かった。だから俺としても、一刻も早く片付けてしまわずにはおれなかったわけだ。わかるな。で、今後、俺の個人用食卓たる巻き揚げ機《キャプスタン》に届ける鯨ステーキを作るときに備えて、焼きすぎぬにはどうしたらいいか教えてやろう。片手でステーキをかざし、火の点《つ》いた石炭をもう一方の手に持って、そいつを炙《あぶ》る。そしたらもう、皿に盛る。わかったか？　それと明日、鯨を解体するときは、ちゃんとそばにいて鰭《ひれ》の先っぽを確保するんだぞ。そいつは酢漬けにする。尾の先は塩漬けにしろ。以上だ、行ってよし」

そう言われてフリース爺《じい》さんは二、三歩行きかけたが、ふたたびスタッブに呼び戻された。

「いいかコック、明日の晩、夜半直《やはんちょく》の夜食はカツレツだ。いいな？　では行け。――ちょっと待て！　立ち去るときは一礼するものだぞ。――も一度ちょっと待て！　朝飯は鯨の団子だ――忘れるなよ」

「やれやれ、あの人が鯨を食うんでなくて、鯨があの人を食ってほしいものだわい！　ありゃあ鮫《さめ》の王様以上に鮫だて」と爺さんはブツブツ言いながら足を引き引き立ち去り、叡智《えいち》あるその一言とともにハンモックの寝床についたのだった。

この一節に限らず、いま読んでみると、海上で鯨に群がる鮫たちのふるまいと、船上の水夫たちのふるまい、さらには乙に澄ました顔でステーキを食べている上流社会の人間のふるまい、それらすべてを同一線上で眺めているメルヴィルの視線が感じられる（人間もしょせん一皮剝《む》けば獣、と嘆いているのではない。嘆くのはまだ人間を過信している証拠）。まあそのあたりは、肝炎の大学生はたぶんあっさりすっ飛ばし、学校給食や「くじら屋」の鯨に思いをはせていたのだろう。

『白鯨』には揚げパンの話も出てくる。当直で鯨油の精製鍋《なべ》を見張る船乗りたちが、煮えている鯨蠟《げいろう》のなかに乾パンをしばし浸して、揚げパンにしたのである。これが何度も恰好《かっこう》の夜食になってくれた、と語り手イシュメールも述べている。昭和に迷い込んで生き延びるのも一苦労だった僕が、捕鯨船で生き残れるとはとうてい思えないが、暗いなか、ふつふつと煮えた鯨蠟の鍋を囲んで、ほどよく揚がった揚げパンが出来るのを待っている水夫たちの輪に、できれば僕もこっそり交ざりたい。

(2004. 10)

Herman Melville, *Moby-Dick; or, The Whale* (1851; Signet, 1961)
［ハーマン・メルヴィル『白鯨　モービィ・ディック』上下巻、千石英世訳、講談社文芸文庫］

水文学について

Water and Literature

外界とほとんど交流のない、閉ざされた村キャリック。この村に、「植民地《ザ・コロニー》」から、水文《すいもん》学者を名のる男がやって来る。

「私は水の仕事をしています。世界中あちこちの水を研究しているのです。水文学者《ハイドロロジスト》なのです」。男は専門用語を申し訳なさそうに言ったりはしなかった。奴が提《さ》げていた金属の箱の理由がこれでわかった。この男も商売をしにキャリックへやって来たのであり、要するに商売道具をひっさげてきたのだ。

「どこへ行ったって水は水じゃありませんの？」とアンナが訊《き》いた。

「水の貞操ならざること、我々人間と同じです」と男はにこりともせずに言った。

村はどこの国とも書いてないが、「北の地」にある年中雨続きの場所だというから、雰囲気としては作者の出身地でもあるスコットランド。「植民地」も位置は明記されていないが、海の向こうにあって、土地が十分肥沃《ひよく》でないと知った植民者たちが「インディアンの血で土を肥えさせた」とあることから見て、アメリカを連想させる。が、そうやって舞台を現実の場所につないでみても、誰かの悪い夢に紛れ込んだような気味悪さはいっこうに薄れない。

水文学者が来て以来、村にいろんな異変が起きる。古代から残る記念碑が破壊される。村の墓地が荒らされる。ついに人が一人死ぬ。あのよそ者の仕業だ、と村の薬局店主は主張する。

だがまもなく、今度は、当のよそ者水文学者が、駅のホームから落ちて列車に轢《ひ》き殺される。自殺か他殺かもわからない。

それから、すべてのものが死にはじめる。まず兎が死に、犬が、羊が、やがて人が死にはじめる。死んでいく前、人々は奇妙な言語的症状を示す。ある者は語順を逆さにして喋《しゃべ》る（"Me see to come to you of nice."）。ある者は各文にバカアホマヌケトンマ等の罵倒《ばとう》語を必ず一語つけ加える。またある者はものすごい大声で話し、相手は耳覆いをつけないと鼓膜が破れてしまう。いったい何が起きたのか？　どうやら、よそ者の仕業だ、と唱えたあの薬局店主が、村人全員に毒を盛ったらしい……。でもなぜそんなことを？　語り手が調査を進めるなか、戦時中に村の炭鉱で起きた捕虜生き埋め事件（虐殺？　事故？）、村の兵士たちの大量溺死《できし》事件等々、暗い過去が次々明かされていく。

「真相」が二転三転した末、最後にいちおう「本当の」真相として提示されるのは、村人たちの死はよそ者の仕業でもなければ薬局店主の仕業でもなく、飲み水の仕業だったという「事実」である。戦後もずっと地下に埋まっていた捕虜たちの死体が、地下の熱と組み合わさって強力なバクテリアを発生させ、それが村で飲み水に使っている小川に流れ込んだのである……エリック・マコーマックの『ミステリウム』においてかくも多くの人を死なせた犯人は、ほかならぬ水だったのだ。

小説でも映画でも、登場人物が酒を飲んでいる場面は掃いて捨てるほどあっても、水を飲んでいる場面となるとあまり思いつかない。小津映画で、冴《さ》えないサラリーマンが行きつけのバーで「タダの、無料の、ゼロ円の」水を所望する場面があると思ったのだが、調べてみたらこれも「いつもの、普通の、国産の、安い」水割りを注文するのだった（『彼岸花』）。酒が物語芸術において明らかに過剰表象されてきたのに対し、水は明らかに過小表象されてきた。

むろん、水の象徴性とかいう小難しい議論ならよくある。ただそういう話だと、〈母〉なるものの象徴としての水だとか、生命の源でもあると同時に死も意味する両義性だとかいった方面に進みがちで、つまみぐい文学食堂に似合いそうな飲み水の話にはあまりならない。バシュラールの名著『水と夢』でも、「飲み物」という言葉が出てくるのはたぶん一度だけである。

飲み物の完璧《かんぺき》な精神分析は、アルコールと牛乳、火と水、つまりディオニュソス対キュベレの弁証法を表わすはずである。そのとき意識的な生すなわち開化した生によるいくつかの折衷理論《エクレクチスム》は、無意識なるものの価値づけをひとが再び生きるやいなや、また物質的想像力の原初的価値をひとが参照するやいなや、不可能となることが理解されるであろう。

（小浜俊郎・桜木泰行訳）

何やら難しそうですが、要するに、無意識の次元に降り立ち、飲料が人間にとって持つ一番深い意味を知ったなら、意識でこね上げた、アチラの顔もコチラの顔も立てたようなどっちつかずの理論はみなガセネタだと判明するだろう、という話である（と思う）。そしてバシュラールによれば、無意識のなか、夢のなかで「ひとはつねに同一物を飲む」のであり、それは酒ではなく乳だというのですが、うーん、ま、無意識の深みではそうかもしれませんが当食堂としてはもう少し浅い次元に関心がある。といっても酒の話はもっとお洒落《しゃれ》な場でお洒落な人にやってもらうことにして、食堂へ行けばまず出てくるもっとも基本的な飲料について、水文学《すいもんがく》ならぬ水文学《みずぶんがく》の考察を進めたい。

『ミステリウム』で水を大量殺人犯の地位に引き上げたスコットランド生まれのカナダ人作家マコーマックは、新作『ダッチ・ワイフ』でも、飲み水によって伝わる「ギニア虫」の話から作品をはじめている。人間の体内で成長したギニア虫は、やがて皮膚を突き破って出てきて、人は釣りでリールを巻く要領で小枝に虫をひっかけてゆっくりと巻きとる。あわてると釣りと同じで獲物はするっとまた体内に逃げてしまう……。

虫といえば、マコーマックの『女たちのおぞましき支配に反対する喇叭《らっぱ》の最初の一吹き』にもこんな一節がある。

広場の南西の隅で、町民の集団はもうひとつの行進を避けるために、足下に用心して進まねばならなかった。千もの毛深い芋虫たちが、何か芋虫なりの用事で、暑い目抜き通りの上で身を引きずっていたのである。町民の一人として、こんな光景を見たことがある者はいなかった。

「何か芋虫なりの用事で」という一節を僕は愛する。思うにこの作家は、人間の用事と芋虫の用事とのあいだに本質的な違いを認めない人である。だからすごく偉いと思うのだが、奇想のための奇想に走るところがあって（右の一節の芋虫も、その後二度と登場しない）、全体的な構想力がやや弱いという声もあり、世間の評価はいまひとつのようで、残念である。

虫文学に脱線してしまったが水に戻ると、水が小説の題にも入った例としてはジョン・アーヴィングの『ウォーターメソッドマン』がある。尿道が曲がっているため、性交前後に大量の水を飲む「水療法《ウォーターメソッド》」を実践する男の話で、訳者の一人だから言うわけじゃなく愛すべき小説ではあるが、あとから思い返して「あいつ、やたら水飲んでたなあ」という印象はそんなにない。

むしろ水で印象的なのは、十九世紀半ば、裏道や古びた建物を一掃し大通りや公園を作って今日のパリを生み出した張本人G＝E・オスマンを主人公とする歴史小説『オスマン』の一節。

セーヌの泥まみれの水などではなく、地元の職人が掘った井戸から汲《く》むチョーク混じりの水でもない――そういう井戸水を人によっては屍水《しかばねみず》と呼ぶ。雨がパリの墓地を通って地下水面にたどり着くせいで、青白い色合いとかすかに硫黄《いおう》っぽい臭気を帯びるからである。そんな薄汚い水を飲みたがるのは貧乏で無知な連中だろうとつい思ってしまうが、その推測は半分しか当たっていない。〈モンマルトルの水〉、〈モンパルナスの水〉、〈ペール＝ラシェーズの水〉等々、パリ各地の墓地からの流去水は、瓶詰めにされ、万能薬として、また有徳なる死者の可溶成分に富む強壮薬として、一般大衆に売られているのである。暗愚なる聖水！　有害な偽薬！と医学アカデミーは抗議したが効果はなかった。パリジャンたちはこの薄汚い液体を大型酒瓶《マグナム》単位で購入し、飲み干し、あふれた分で子供たちのカップを満たしたのである。はるか昔の一八五五年――死者に冥福《めいふく》あれ――パリジャンはいまだ、死者のそばに在ること、死者を飲むことを必要としていたのだ。

こういう前近代的迷信を根絶し、道路を整備し上下水道を整備しようとする近代化の流れを指揮したのがオスマンであった。このまだ三十代半ばのポール・ラファージというアメリカ人作家、見てきたような嘘をつくのが実に巧《うま》い人である。ただし、この人も奇想のための奇想に走るところがあって、第一作『失踪者たちの画家』で刑務所に入れられた画家がどうやって逃げるかと思ったら月が異常接近して大洪水になってその水の勢いで外に放り出されたときはさすがにやや呆《あき》れた（それでも、作品に対する愛情は少しも薄れなかったが）。

第二作『オスマン』はいちおう歴史小説の体裁を採っているので、そこまで奇想に走りはしないが、たとえばこうして前近代性が踏みにじられるところに焦点を当てて近代批判の物語に仕立てることもできそうなのに（あるいは、そんな近代批判も硬直した言説にすぎないという「近代批判批判」でもいい）、そうやって全体の構造を組み立てようという意志がこの人はどうも薄いように思える。それで世評はやっぱりいまひとつのようだ。僕はどうもそういう人が好きらしい。だいたい、何百ページもある小説で、全体の構造なんてどうだっていいじゃないか？　全体に奉仕しない細部にはそれ独自の強味がある。そして、そういう全体を見たがらない二人の作家が、ともに水に注目していることに、偶然以上のものを感じずにはいられない。
ところで、マコーマックの『ダッチ・ワイフ』では、南洋の島へ行く破目になった主人公が、「生水を飲むな、ギニア虫が湧くぞ」と言われる。僕が子供のころも「生水を飲むな」とよく言われたものだが、最近の合い言葉は「水分補給」である。人間はだんだん乾いてきているのだろうか。

Eric McCormack, *The Mysterium* (Viking, 1992)
［エリック・マコーマック『ミステリウム』増田まもる訳、国書刊行会］
Eric McCormack, *First Blast of the Trumpet Against the Monstrous Regiment of Women* (Viking, 1999)
Eric McCormack, *The Dutch Wife* (Penguin Canada, 2002)
井上和男編『小津安二郎全集』下巻、新書館
ガストン・バシュラール『水と夢——物質の想像力についての試論』小浜俊郎・桜木泰行訳、国文社
John Irving, *The Water-Method Man* (1972; Pocket Books, 1978)
［ジョン・アーヴィング『ウォーターメソッドマン』川本・岸本・柴田訳、国書

刊行会］
Paul LaFarge, *The Artist of the Missing* (FSG, 1999)
［ポール・ラファージ『失踪者たちの画家』柴田元幸訳、中央公論新社］
Paul LaFarge, *Haussmann, or the Distinction* (2001; Picador USA, 2002)

（2005. 5）

[音楽的休憩3] キンクス *The Kinks*

イングランド北西部、リヴァプールから少し北に行ったところに、ブラックプールという有名な行楽地がある。海水浴場のかたわらに、ゲームセンター、フィッシュ&チップス・スタンド、占い小屋、といった娯楽施設が並ぶ、どのガイドにも「主として労働階級に人気のある」とわざわざ書いてある、どちらかといえば安めのリゾートである。日に「焼けた」というよりは「腫れた」感じの庶民たちが、つかのまの休暇を楽しむ場。したがってそこは、楽しそうであると同時に物悲しい。最近は再開発も進んだらしいが、伝統的には、華やかであると同時に気の滅入る場所、というイメージがブラックプールにはまとわりついている。

ブラックプールに代表される、こうしたイギリス労働階級のささやかな楽しみとその悲哀を、キンクスは誰よりも雄弁にロックに乗せてみせた。さあ、お弁当をもってドライブに行こう、親戚も兄弟も忘れて借金取りも忘れて、と妻を誘う「ドライヴィン」、もう汗水たらして働かなくていいんだよ、屋外便所に通う日は終わったんだ、暖炉の前でのんびりしていいんだよ、と定年退職者に歌いかける「シャングリ＝ラ」、どの歌でも最初の一分は「楽しみ」を明るく美しく謳いあげるようでいて、やがて不可避的に「悲哀」が音楽を埋めつくしていく。借金取りはそこまで来ているし、暖炉の前に座っても老いた男はどうくつろいだらいいかわからないのだ。これがさらに、君のためにワインを買って帰りたいのに、今日も仕事にありつけなかったんだ、と「立ちん坊」を歌う「ゲット・バック・イン・ライン」や、ファッショナブルな競馬場に行くお金はないけれど王女様の帽子をかぶって床掃除をする主婦を歌う「マリーナ王女の帽子のような」あたりになると、基調ははじめから悲哀である。「階級」のテーマはまだ見出されていないが、「くたびれた、君を待ちくたびれた」とくり返す初期の「ウェイティング・フォー・ユー」も甘さ抜きに哀しい。

けれども、キンクスが——というか、キンクスのほとんどの曲を書いているリード・シンガーのレイ・デイヴィスが——そうした哀しみを、優しさと共感をこめて歌っていると思ったら大間違いである。妙に美しいメロディ・ラインややけに明るいボードビル調の伴奏は、歌詞の内容と合っているようでいて、実はいつも何となくずれている。要するにレイ・デイヴィスは、労働階級の悲哀を歌っているというよりはるかに演じているのだ。こうしたアイロニーの感覚（そもそもアイロニーを方法としてロックに導入したのもレイの功績だろう）は、キンクスを貧しい者たちのヒーローにも仕立て上げなかった代わりに、聞くたびに表情を変えるような、まさにキンキーな（よじれた）魅力を彼らの音楽に与えたのである。

七〇年代末にヴァン・ヘイレン、プリテンダーズといった新進ミュージシャンたちが彼らの昔の曲をこぞってカヴァーしはじめるとともに、キンクスはいわば「パンクの元祖」に祭り上げられた。そのときカヴァーされたのは、キンクスの初ヒット「ユー・リアリー・ガット・ミー」をはじめとする、レイ・デイヴィスが「大英帝国の衰退ならびに滅亡」（アルバム『アーサー』の副題）というテーマを発見する以前に書かれたタイトなロックンロール・ナンバーだった。現在でも、ワイルドなビートバンドだった初期キンクスを一番高く評価する聞き手も多い。むろんそれは間違いなくキンクスの魅力の一面だが、彼らはパンクにつながるアナーキーを感じさせる音を持っていると同時に、そうしたアナーキーとは相いれない、伝統的英国社会をほとんど肯定しているような回顧趣味も持っていた。神よ、シャーロック・ホームズを救いたまえ、フー・マン・チューを、パリアッチとドラキュラを救いたまえ（「ヴィレッジ・グリーン・プリザヴェイション・ソサエティ)と歌うときのキンクスは、むしろ保守的でロマンチックな伝統主義者である。「僕は二十世紀の人間だ、でもここにはいたくない」と「二十世紀の人」が言うとき、男がいたいのは、二十一世紀ではなく十九世紀だ。

　いうまでもなく、ローリング・ストーンズと並んでキンクスを六〇年代からの数少ない生き残りにしてきたのは、こうしたもろもろの「文学性」だけではない。テクニック的には大したことはないがその分幼児的な破壊力を感じさせるデイヴ・デイヴィス（レイの弟）のリード・ギターとバック・ヴォーカル、そしてミック・エイヴォリー（八四年に退団）の確実なドラムスに支えられていたからこそ、キンクスはレイ・デイヴィスの音楽的私小説バンドに固まってしまうことなく、正統派のロック・バンドでありつづけてきたのであり、ステージでもそこそこにファンを熱狂させることができた。かくして我々は、キンクスのライブアルバムを聞くとき、税務署員に何もかも持っていかれて残ったのはうるさいママだけ、僕はただ

日当たりのいい午後をのんびり過ごしたいだけなのに、と無一文男が嘆く歌（「サニー・アフタヌーン」）や、一見ストレートなラブソングふうで実は女装趣味の男のことを歌った歌（「ローラ」）を、ファンの女の子たちがバンドと一緒に黄色い声で悲愴に叫ぶ、という異様な事態を耳にすることになる。

「お前らなんか長続きするもんか、とデビュー当時からずっと言われてきたけど、僕らは阿呆な（silly）六〇年代を生き抜き、さもしい（sordid）七〇年代を生き抜き、こうしておぞましい（hateful）八〇年代にいる」とかつてレイ・デイヴィスは語ったが、何と形容していいかわからない九〇年代に入ったいまも、キンクスは——オリジナルメンバーはもうデイヴィス兄弟しか残っていないが——依然現役として新作を発表しつづけている。ただ、中身の濃さからいうと、やはり六〇年代後半の『サムシング・エルス』か『ヴィレッジ・グリーン・プリザヴェイション・ソサエティ』『アーサー』あたりがベストだろう。

（1995．7）

［音楽的休憩４］ハーマンズ・ハーミッツ

Herman's Hermits

ハーマンズ・ハーミッツを食べ物にたとえれば、「けっこう美味しいジャンク・フード」である。

「芸術的」に何があるのか、と問われれば黙り込むしかない。テクニックを云々してもはじまらない（何しろ大半の曲ではメンバーたちは自分で演奏してさえいないのだ）。一見幼稚な音楽のなかに、ロック魂ともいうべき無秩序的な破壊力が隠されているわけでもない。けれどそこには、いかにも人のよさそうな、明るい、しかしどこか哀愁を帯びた独自の魅力が備わっている。

六〇年代半ば、彼らと同時期に登場したイギリスのグループの大半が、ひそかにあるいはあからさまに、アメリカの黒人ロックンローラーやブルースマンたちの破壊的なエネルギーに憧れていたのとは裏腹に、ハーマンズ・ハーミッツはマンチェスター出身の好青年たちというイメージをいつまでも崩さず、古きよきミュージック・ホールを偲ばせる音を保ちつづけた（事実、彼らの代表曲のひとつ「ヘンリー八世君」は一九一一年に書かれたミュージック・ホール時代の遺産）。「無知」も「無垢」も意味する「イノセンス」という言葉を彼らは——特にリード・シンガーの「ハーマン」ことピーター・ヌーンは——誰よりもよく体現していた。当時の人畜無害ポップス・バンドというと、デイヴ・クラーク・ファイヴ、ゲーリー・ルイスとプレイボーイズなどもいたが、後者のバンド名が暗示しているごとく、彼らの場合は好青年というよりもう少し遊び人ぽく、女の子にも手が早そうで、「イノセンス」というにはほど遠い。女の子たちの親としてはかならずしも近寄ってほしくないタイプである。

その点ハーマンズ・ハーミッツは、親たちをも武装解除してしまう。「ミセス・ブラウン、素敵なお嬢さんをお持ちですね、残念だけど彼女はもう僕のことを愛していないって言うんです、僕があげたプレゼントもみんな返すって言ってるんですけど、取っておいてと伝えてください、でも僕が悲しんでることは言わないで……」（「ミセス・ブラウンのお嬢さん」）と、女の子ではなく女の子の母親に話しかけるところに、そしてそこに小賢しさよりも誠実さを感じさせてしまうところに、彼らの得がたい魔力がある。街灯によりかかって「あるレディ」をいつまでも待つ男を歌った「恋のランプ・ポスト」。みんな聞いてよ、誰だって愛する人が必要なんだよ、と言いながら自分はほかの男に彼女を取られた男の独白「リッスン・ピープル」。終わった恋の傷心を空っぽの牛乳瓶に託す「ノー・ミルク・トゥデイ」。女の子に対して内気に距離を取りつづけるキュートな男の子たちの歌は、ヒッピー・ムーヴメント前夜の英米のティーンの心を捉え、一時はビートルズをしのぐ人気があった。

（1995. 7）

4. 教師の仕事

ある男に二人の妻がいて

There Was Once a Man Who Had Two Wives

先学期の英語の試験にこんな問題を出した。

「ある男に二人の妻がいて、一人は若く、一人は歳《とし》をとっていた。若いほうの妻と一緒に寝ると、妻は夫も自分と同じように若く見えるよう、夫の白髪を抜いた。歳とった妻と一緒に寝ると、妻は夫も自分と同じように歳とって見えるよう、夫の黒髪を抜いた。おかげで男はまもなく禿《は》げてしまった」

この英文をゆっくり三度読んできかせ、日本語で内容を書いてもらうのである。こういう話は入学試験のような改まった場で使うわけにはいかない。内容を理解した学生が笑い出してしまって、ほかの学生の聞き取りに支障が生じる危険があるからである。でもまあ、期末試験くらいならそう固く考えることもない。

一度読んだだけで、何人かがニンマリした。二度目でわかった学生も、得意そうにクックと笑った。

三度聞いても何がおかしいかわからない学生たちは、顔を引きつらせていた。

だが、採点の作業を楽しくしてくれるのは、圧倒的にこの引きつり組である。

「ある男に二人の妻がいて、若い妻は、白髪の年寄りの妻と違い、髪が黒いので、いっしょに寝ると暗闇《くらやみ》で髪が目立たないので退屈する」

——夫婦というものが暗闇で一緒に何をするものなのか、どうもよくわかっていないらしい。

「人は『若い』と『老い』という二つの言葉をもっているが、たとえば白髪であれば年寄りで、黒髪であれば若いということはなく、それは、心のもちようによって決まるのである」

——とにかく何でも教訓に還元すれば許されると思っている学生が結構いるものである。ま、出題する側も、「読書というものは精神を豊かにするための営みである。せっかく本を読んでも、単に情報を得るために読んだり、流行に乗り遅れないために読むのであっては、真の意味での読書とはいえない」とかいった愚にもつかない文章を平気で英作文の問題に出したりしてるから、とやかく言えた義理じゃないけどね。

「ある男は二人の妻がいて、若い方の妻は黒い髪で年をとった方は白い髪で、ある日若い妻の方に頭を向けて寝たら、黒い髪がかかって目をさましたら真っ暗だった」

――それがどうした。

「人には若いのと年老いたのと二通りある。老人の寝方で寝ると若さを確認できるが（以下なし）」

――これもおそらく教訓に収斂《しゅうれん》したであろうタイプだが、あまりの馬鹿馬鹿《ばかばか》しさにさすがに恥ずかしくなってやめてしまったと思われる。

「ある男は二人の妻を持っていて、若い方の妻は男の白髪を抜き、年とった妻は男の黒髪を抜くので、男の頭は黒くなったり白くなったりするので飽きなかった」

――こういう答案がある限り採点者も飽きない。bald（禿げている）を bored（退屈している）と聞き違えたところから彼女の（解答者は女子学生である）悲劇がはじまったわけだが、そうとも知らず懸命に論理性を貫こうとしているところがいじましい。

「ある男は、若い妻と休むときに白いベッドに寝て頭を黒く見せ、年とった妻と休むときは黒いベッドに寝て頭を白く見せた。まもなくその男ははげた」

――シマウマかお前は。

「年寄りと、若いのと、二人の妻がいる男がいた。若い方は白い服で、男が黒髪で若いように見せ、年寄りの方は黒い服で白髪で年寄りのように見せたら、男は発狂してしまった」

――こんな答案ばかりだったら僕だって発狂してしまう。『バブリング創世記』のころの筒井康隆を思わせる、すさまじい破壊力を秘めた文章である。このような芸術的文章には十点満点のところ五十点与える！　というのは嘘《うそ》で、ワハハとしばし笑わせてもらったのち、澄ました顔で零点をつけるのである。

あとで学生に、「あの問題は先生の創作ですか」と訊《き》かれたが、あんなしょうもない話を考えるほど僕は暇ではない。れっきとしたシリアの民話である。　（1993.1）

死んでいるかしら

Wonder If I'm Dead

自分はもう死んでいるのではないだろうか、と思うことがときどきある。

朝早く、駅へ向かって自転車のペダルをこぎながら、角を曲がるときなどに、ふと、僕はこないだの朝こうやってここの角を曲がろうとして、実は大型トラックと正面衝突して死んだんじゃないだろうか、という思いに襲われたりするのである。

要するに寝ぼけているだけの話かもしれないのだが。

これはたとえば、自分がいまここにいることへの微妙な違和感というか、生に対する根源的な疎隔感というか、生きていることを日頃からどうも実感できずにいるという、いわば存在論的次元などとは違う話である。

むしろ、もっとずっと単純に、えーと何か大事なことを忘れてる気がするんだけど何だったっけかなあ、といった、脳味噌の背中のかゆい所にもうちょっとで手が届きそうなんだけどいま一つのところでどうしても届かない、そんな感じなのである。

もともと能力的に、一つひとつの用事をきちんと順番にこなしていく几帳面さが欠けている上に、職業的にもそういう訓練をまるで受けていないので、目の前につぎつぎ出現する雑務を行き当たりばったりにこなす毎日が続いている。やらなくちゃいけないことは、いちおうメモくらい取るのだが、そのメモも、そこらへんに転がっている紙に適当に書きなぐるため、あとで見ると何のことやらさっぱりわからない。「資料揃えること」「内容検討してFAXすること」……何の資料？　何の内容を検討するの？　誰にFAXするんだ？　ポケットを探ると、誰のものとも知れぬ電話番号、何があるかもわからぬ日時を書いた紙切れがつぎつぎに出てくる。

そういうずぼらな有様なので、当然、しょっちゅうボロが出る。今日中に提出しなくちゃいけない試験問題やら書類やらを作り忘れたり、別の用事が入っているのを忘れてダブルブッキングしてしまったり。一日に一度は、「あ、いけね！」という言葉が口をついて出ることになる。

というわけで、まさしくそういう具合に、自分が実はもう死んでいることを忘れていたんじゃないだろうか、と一瞬思ってしまうのである。「いけね、俺、死んでたんだっけ！」

で、そのつぎの瞬間、いやいやそれは気の迷いというものだ、僕はこうしてちゃんと生きておるではないか、という確信が戻ってくるかというと、そこのところもいま一つ自信がない。さっき言ったように、生に対する根源的な疎隔感とかいった高級な感覚があるわけではないが、さりとて、「僕はいま、ここで、こうして生きているんだー!」と叫べるような確固たる生命感を抱いているわけでもないのだ(例外的に、それに近い感触を持てるのは、日当たりのいい部屋に寝転がって、陽の光を背中に浴びているときである。「幸福とは、日当たりのことである」というのが僕の唯一の個人的哲学なのである。前世は亀だったのだ)。

たしかに、もう死んでいるのであれば、まわりの人が何か言ってくれそうなものだ、ということも考えられる。しかし、「もしもし、あなた、社会の窓が開いてますよ」というのがなかなか言いづらいのと同じように、こういうことは案外、他人からは言いにくいものかもしれない。だから実は、僕のまわりの人は、「もしもし、あなた、死んでますよ」と教えてくれたくてうずうずしているのだけれど、どう切り出したらいいか、なかなか思いつけずにいるかもしれないのである。

昼休みの教官談話室で、同僚たちが幕の内弁当を食べながら話している。

「柴田君、なんか最近ずいぶん張り切ってるみたいだけど、あの人もう死んでるわけでしょ」

「そうなんだよ、死んでるのにあんなに頑張っちゃってねー、気の毒になっちゃうよ」

「山田君、君、研究室隣だろ、言ってやればいいじゃないか、あんたもう死んでるんだよって」

「やですよ私、そういうことはやっぱり、主任から言ってもらわないと」

「いやー、こういうのは個人的な話だからさ、主任とかそういうことじゃなくてさー」

「やだよねーやっぱり、あなた死んでますよなんて言うの」

「どういう顔するだろうねー、死んでるってわかったら」

「ショックのあまりもういっぺん死んじゃったりして」

「ぎゃははは一」

薄情な奴らめ。しかし、僕は人気教師である。学生はもうちょっと情に厚いはずだ。

「柴田先生ねー、もう死んでるのに頑張ってるわよねえー」

「うん、ほとんど感動的だよねー」

「だけどさー、ちょっとさー、見ててつらくない?」

「そうそう、居たたまれないって言うかねー」

「下手に教えてあげてさー、単位もらえなくなっても困るしねー」

「ねー」

「仲間の先生とか、言ってあげればいいのにねー」

「そうよねー」

「でもさー、大学の先生ってさー、よく見るとみんな死んでない?」

「ぎゃはははー」


(1995. 4)

タバコ休けい中

Off for a Smoke

去年の三月、僕の元学生のMが突然亡くなった。十年間無欠勤だったアルバイトを二度続けて休んだので、バイト先の人が一人暮らしのアパートまで様子を見にいって発見してくれたのだ。元同居人で、Mの生活習慣に詳しいK君が、現場を見た上で医者の話を聞いて、その瞬間に起きたことを克明に再現してくれた。深夜のバイトに出かける前に、いつものように風呂に入ってから夕食を作ったMは、鶏の唐揚げ、卵焼き、サラダ、ご飯、味噌汁をテーブルに並べて、今日はどの香辛料を使おうかと（Mは香辛料マニアだった）香辛料棚を開けたとたん、脳のなかの、「橋」と書いて「きょう」と読む部分がプツンと切れて、不幸中の幸いというべきなのだろう、おそらくは何の痛みも感じずに、ふっと眠りにつくように事切れた。

お通夜の席でMのことをあれこれ話しながら、K君や、小学校からの幼なじみU君と、明日の葬儀の相談をした。弔辞は柴田先生、お願いします。オーケー。棺の中にはMが好きだった物を入れてやろうと思うんですが。CDはブライアン・ウィルソンだな。『スマイル』、一時は朝から晩まで聴いてたって言ってたから。僕、余分に持ってるから明日持ってくるよ。本は？　やっぱりフィリップ・K・ディックでしょう。そうだね。だけどあいつ、ディックの翻訳は駄目なのが多いって言ってましたよ。じゃあ原書だな、僕のところに何冊かあるから持っていくよ。そうですか、では先生、いろいろすみませんがよろしくお願いします。

何となく去りがたくて、お通夜が終わってからもみんなでぐだぐだ喋っていて、解散したときは十一時を過ぎていた。じゃあこれからMのコンピュータの中身を整理しに行きますから、とK君はMのアパートに向かった。僕はビールで酔っているのと、ぼうっとしているのとで注意力散漫もいいところで、二度も電車を乗り違え、家に帰りついたのは午前一時過ぎだった。たまたま妻は母親と一緒に旅行に出ているので、ドアを開けると家の中はひどく静かで、いつもは意識しない柱時計のカチ、カチという音がえらく耳についた。まずはディックの原書を揃えておこうと思って、一階奥の書庫へ行った。電気をつけて、Dの棚に行く。すると、何冊か分ぽっかり空いているスペースがあって、それはまさに、ジャレド・ダイアモンドとチャールズ・ディケンズのあいだ、フィリップ・K・ディックの本があるべきスペースだった。

一瞬、わけがわからなかった。が、次の瞬間、思い出した。このあいだアルバイトで、この書庫を夜通し整理してくれたのは、ほかでもないMだった。十一時を回って、こっちはもう寝ようと思い、じゃあよろしく、と夜行性のMに声をかけに行って、何か欲しい本があったらモノによってはあげるよ、と言ったら、「じゃあディックのやつでもらえるの、あります？」と言うので、ディックなら全部あげる、と答えたのだった。ディックだったらどうしても必要になったらまた買えるし、だいいちMが持っていた方が本も幸せだ。Mは大のディック狂で、全作品を持っているのはもちろん、アメリカ版のみならずイギリス版、初出の雑誌、等々、すべての版を集めていたのだ。そして僕のディック本はなぜかイギリス版が多く、Mのコレクションとはあまり重ならなかったらしい。全部あげる、と言ったら、「やったー！」とMは歓声を上げた。

そのことを、僕はすっかり忘れていたのだ。

というわけで、あっちの世界へ持っていくのは、悪いけど翻訳書で我慢してもらうしかない。まあ訳文に問題のなさそうな、僕が帯に推薦文を書いたハヤカワ文庫版『アンドロイドは電気羊の夢を見るか？』と、個人的に大好きな『ユービック』を選んだ。

Mの「やったー!」という声を聞きながら、真夜中の家の階段を上がっていった。水を飲んで喉をうるおしてから、いつもの惰性でコンピュータのスイッチを入れて、メールをチェックした。

まる一日留守にしていたので、十何件かメールが来ている。学会関係、大学事務、高校の友だち、編集者……そして、最後のメールの発信者名を見て、いっぺんに酔いが醒めた。そこには、いつもの通りローマ字で書かれた、Mのフルネームがあった。またも一瞬、わけがわからなかった。そして今度は、怖かった。心臓がそれこそ柱時計みたいに鳴り出しそうな気がした。「やったー!」の声がまた聞こえてきた。もしあそこで、反射的に目が右に動くこともなく、件名欄の「M同居人のKです」という一言を読むこともなかったら、天国でだか地獄でだか知らないが、Mと早すぎる再会を果たしていたかもしれない。事実は簡単。Mのコンピュータの中身を整理しに行ってくれたK君が、僕がMに頼んでいた仕事に関するファイルを一刻も早く送ろうと、当然ながら一番手っ取り早い手段を採って、Mのアドレスから送信してくれたのだ。

何日かして、別の用事でまた書庫に降りていったら、Vあたりの棚に付箋紙が貼ってあって、「タバコ休けい中」と書いてあった。Mの筆跡だった。律儀なMは、どこへ行ったのかと僕や妻が不信に思わないよう、ちょっとそこまでタバコを喫いに出るときも、几帳面にメッセージを残していったのだ。そう、タバコ休けい中。わが家に関する限り、Mはいまもそこらへんでタバコを喫っていて、じきにまた帰ってきて、本の整理を再開してくれるのだ。

（2006.3）

くよくよするなよ

Don't Think Twice, It's All Right

しばらく前から、僕は彼のことを彼と考えるようになっていた。

こう書くのは、もちろん論理的にはおかしい。たとえば、「しばらく前から、僕はそれのことを彼と考えるように……」と書く方が理屈としては正しい。けれども、それ/彼のことを彼と考えるようになった時点ではもう、たとえ過去にさかのぼってであれ、それ/彼をそれと考える気が僕にはまったくなくなっていた。僕のなかで、彼はいまや、そして過去も、掛け値なしに彼として存在していた。

ここで「僕のなかで」と言ったのは、文字どおりの真実である。なぜなら、彼は、僕の食道だからである。

よそでもある程度書いたことだが、僕の食道は奇形であり、「食道アカラシア」というれっきとした病名まである。普通の人より真ん中が太く、その分、下の端（胃につながる部分）が異様に細い。バリウムを飲んで写真を撮ると、太い大根の先っぽに細ーい尻尾があるみたいに見える。そこが年々ますます細くなってきていて、去年の人間ドックで撮った写真では、とうとう尻尾の部分が写らなかった。写真を見るかぎり、僕の食道に入った食物は、食道から胃に移動するにあたって、何もない虚の空間を飛び越えねばならない。

であるからして、当然ながら、普通の人より、食物の通りがずっと悪い。熱いものを食べれば食道の下端に熱さを感じるし（「喉元過ぎれば熱さを忘れる」というのは嘘である）、火傷したら大変だから、熱いものはかならず水を飲みながら食べる。何であれよく噛んでゆっくり食べないと、すぐつっかえてしまう。つっかえると、けっこう痛い。極力ゆっくり食べようとはするのだが、そこが育ちの卑しい情けなさ、特に腹が減っていたりすると、ついがーっと掻っ込んでしまう。そうすると、痛い。痛いのは僕自身なわけだが、あるときふっと、当事者の食道はもっと痛いだろうな、という全然現実的でないが実感としては我ながらけっこう納得できる思いが浮かんだ。彼のことを僕が彼と考えはじめたのは、おそらくその瞬間である。そのときから僕は、彼の身になって考えるようになったのである。「彼が辛いだろうから、ゆっくり食べなくちゃ」とか、「もう少し食べたいけど、このへんで止めておかないと彼が大変だから」とか、「あ、いまのちょっと彼には熱かったかなあ」とか。

すべてが胃にたどりつくには時間がかかるから、食べ終えたあとも、彼はまだだいぶ仕事がありそうだなあ、とたびたび考える。

そんなわけで、僕は、起きている時間の二十分の一くらいは、食道について考えながら暮らしていたのである。

ところが、去年の十二月あたりから、その時間が、起きている時間の三十～四十分の一くらいに減った気がする。

きっかけは十二月最後の教授会で選挙があって、副研究科長なるものに選ばれてしまったことである。要するに、副文学部長である。研究科長は一人、副は二人いるから、文学部トップ3の一人ということになる。

僕としては、同僚のヌマノ君あたりが選ばれてしまうんじゃないか、気の毒だなーなどと呑気に考えながら一回目の投票に臨んだのだが、蓋をあけてみたら上位四名のなかに案の定ヌマノ君はいたが、ついでに自分もいて、まあどうせ泡沫候補さ、とタカをくっていたら、あれよあれよと勝ち進み、決選投票にも勝利してしまったのである。いやー、自分の身に起きた出来事に生まれて初めて「青天の霹靂《へきれき》」という言葉を使う気になりましたね。

それで、副研究科長というのが、何をするのか、まだ完全にはよくわからないのだが、とにかくやたらと会議に出ることだけはわかる。すでに見習いとして、トップ3と事務のトップが集まる「執行部会議」には毎週出ているので、ある程度の見当はつく。そしてすでに絶対の確信をもって言えることは、僕はこういうことに関してまったく無能だということである。僕は二年間、無能で、役立たずの、はた迷惑な副研究科長であるだろう。

実をいうと、選ばれた瞬間は、まあ仕方ない、ここは覚悟を決めて二年間ちゃんと働こう、と殊勝に考えもしたのである。そのときは、ちゃんと働こうにもちゃんと働く能力自体が自分に欠如しているという事実に思いが至らなかったのである。

何が駄目といって、組織という視点からものを考える能力が僕には全面的に欠けている。大局的にものを考えるということが、まったくできない。木は見るけれど森は見ない。翻訳が好きなのは、一行一行コツコツ訳していく中では木さえきちんと見ていればいいからだ。しかし、(副も含めて)ナントカ長に一番必要なのは大局的にものを考える力であり、それがない上に、加えて、いままでずっと教授会に出ていてもおおむね上の空、もしくは白河夜船、もしくは内職に精を出していたツケがここで一気に回ってきて、すべての文学部の教員にとって常識中の常識である事柄も、僕にはアイスランドの民事法のように未知なのである。だから、まずわからないし、わからないなりに考える力もない。

「シバタさん、この問題、どう思われますか」と研究科長に訊かれても、

「え、あ、はい、あの、そうですね、あの、はい……」

そんなわけで、副研究科長見習いがはじまって以来、これから二年間いったいどうなるんだろう、と、くよくよすることに僕は時間を費やすようになったのである。結果的には、食道を考えることに費やしていた時間の、かなりの部分を割いて。研究科長も、二人の副研究科長も（一人は僕と入れ替わりでじきお役ごめんとなるわけだが）すごくいい人だし、事務の人たちだってそうだし、それはもちろんものすごく大きな救いだろう。それでも、毎日自分の無能を思い知りながら七三〇日を過ごすのかと思うと、やはりくよくよせずにはいられなかった。

ところが、やがて、ふたたび大きな展開が生じた。

例によって毎週木曜の執行部会議に出席すべく、うわうわ遅刻だ、と会議室に駆け込んだところ、いつも僕が座る席に、彼が座っていたのである。

それまで僕は、いくら彼と呼ぶようになっていたとはいえ、彼がいかなる外見を有しているのか、まで考えたことはなかった。だからあのとき、僕と同じ小柄の、やや

むさ苦しい恰好をした中年男を見た瞬間、なぜすぐ彼だとわかったのかは謎である。でもやはり、彼は僕の一部なのだから、これもそれほど理不尽なことではないのかもしれない。

で、会議はすでにはじまっているので、ひとまずは余計なことを言わず席に着くしかない。僕は彼の隣に座った。

例によってわからない言葉がいろいろあって定かではないが、目下の議題は文学部の将来の方針に関する大学本部とのやりとりであるらしい。まあいいや、この議題は（も）パスして少しはわかる（数少ない）議題に集中しよう、と資料を見ようとしたが、僕の分の資料は彼が見ている。遅刻者分の資料は、普通なら有能な研究科長秘書がすぐさま持ってきてくれるのだが、今回はなぜかいっこうに持ってきてくれない。そうこうするに、

「シバタさん、この問題、どう思われますか」と研究科長がまた訊いてきたので、

「え、あ、はい……」といまにも言いかけたところ、彼が口を開いたのである。

「やはりこの問題は、大学本部が抱いている大局的なビジョンと、我々文学部が抱いている大局的なビジョンとのあいだにずれがあって、そのずれを大局的見地に立って解明することが、大局的に見て一番肝要じゃないかと思うんです。さらにいっそう大

局的に視野を広げて、文部科学省との関係も含めた大局的な視点で考えるならば……」

これは全然忠実な引用でないことを、お断りせねばならない。僕にはとても使いこなせない立派な言葉を駆使して、彼はとうとうと自説を展開したのである。その発言に、みんなはじっくり耳を傾けている。そして、喋り終わると、研究科長が、

「いや、シバタさんのおっしゃるとおりですね。やはり我々も、大局的な見地から考えないといけませんね」と言ったので、僕は仰天した。仰天はしたが、次の瞬間には、以下の事実を僕は一瞬にして悟った。

(1) ほかの人から見ると、彼は僕である。

(2) したがって、彼の彼としての姿は、僕にしか見えない。分身とか幽霊とかはそういうものだからこれは驚くにあたらない。が、

(3) 彼がいる限り、僕の姿はほかの人には見えない。幽霊はこっちなのである。

だが何はともあれ、会議に出ている人たちは、シバタに対して、初めて賞賛のまなざしを向けてくれている。有難い。自分の姿が見えなくたって、構いやしない。

……これが一か月前のことであり、いまでは僕もすっかり要領を呑み込んだ。いちおう会議室に足を運んで、彼がそこにいてくれることを確かめたら、僕はもうそこに

いなくて構わない。彼が一人で雄弁をふるってくれるのだから。ただし、その間、僕は何も食べられない。はじめはそのことに気がつかず、しめしめと思ってラーメンを食べに行って大恥をかいた。何しろ、食べ物が全然通らないのである。そりゃそうだ。食道が外出中なのだから。

とはいえ、有能な組織運営者たる彼が、無能な僕に代わって、大学に貢献してくれているのである。少しのあいだ腹をすかせていなければならないことくらい、何だというのか？

……と、相変わらずわからない議論から脱落するなか、虫のよい夢想にふけっていると、研究科長が、

「シバタさん、この問題、どう思われますか」

「え、あ、はい、あの、そうですね、あの、はい……」

付記　この文章は、二〇〇九年十二月の教授会選挙で、副研究科長に選出された（任期二〇一〇年四月〜一二年三月）ショックにつき動かされるまま、誰にも乞われずに書いた。これまで発表しなかったのは、ここで書いた「研究科長」のキャラクターが、現実に一緒に仕事をすることになった、きわめて有能で人間的にも尊敬できる研究科

長に較べて、あまりにも浅薄だったからである。ここで発表するにあたって、研究科長をはじめ現実の東大文学部執行部の人たちは——ワタシを除き——もっとずっと賢明であったことを指摘しておきたい。

（2013. 7）

［音楽的休憩5］クリーデンス・クリアウォーター・リヴァイヴァル

Creedence Clearwater Revival

一九六八年から七〇年にかけて、「ポップス」と「ロック」の分化が次第に進み、シリアスなロック・グループがますますシングル中心からアルバム中心に移行し、「もしかしたらロックは芸術なのかもしれない」と人々が思いはじめていた時期に、クリーデンス・クリアウォーター・リヴァイヴァルは、時代の流れなどまるで知らぬかのように、泥臭い、確かな技術に支えられた、職人芸的なロック・アルバムを次々に発表した。タイトなロックンロールを三分できっちりまとめることもできれば、シンプルなリズムとメロディーでじわじわ緊張を高めてゆくアドリブを十分以上続けることもできる彼らは、六〇年代末において商業的にももっとも成功したバンドだった（「プラウド・メアリー」をコピーしたバンドが世界中にいったいいくついただろう）。だが、どれほど人気が出ても、彼らは決して「アイドル」にも「ヒーロー」にもならず、あくまで「職人」でありつづけた。そのカリスマ性のなさが、二十年後からふり返ると、逆にとても魅力的に見える。

クリーデンスの音楽は、女の子と遊ぶことが人生のすべてであるかのような「ポップス」の気楽さとも、明るく「我々」を謳い上げる「ロック」の自己満足とも無縁だった。サウンドとしては力強くても、思想的には悲観と諦念に貫かれた音楽だった。ラブソングを歌っても、そこにあるのは恋の喜びでも失恋の甘い感傷でもなく、生身の女性をとっくにつき抜けた、世界そのものに対する深い憂鬱だった。「フール・ストップ・ザ・レイン」など、政治的なテーマをとり上げた曲でも、「俺たち若者は正しくて大人は間違ってる」式の六〇年代的楽天とはまるで無関係だった。ある批評家が指摘しているように、クリーデンスの歌にしばしば「雨」が社会状況の比喩として出てくることも、楽天とは無縁の宿命論者的諦念の表われ（天候をどうして変えられるだろう?）にほかならない。

デビュー当初はアメリカ南部をテーマにした曲が多く（あまりにも有名な「プラウド・メアリー」はミシシッピ川讃歌だし、二枚目のアルバムのタイトル『バイヨー「沼川」・カントリー』もミシシッピ州のことをさす）、また四人のメンバーのジャケット写真が、いかにも南部の田舎から出てきたプアボーイズという雰囲気だったこともあって、「スワンプ（沼地）・ロック」とレッテルを貼られ、南部のバンドと誤解されることもあるが、実は四人ともサンフランシスコ郊外の出身で、南部には行ったこともなかったという。リズム・ギターのトム・フォガティ、ベースのステュ・クック、ドラムスのダグ・クリフォードのサポート陣の腕も確かだが、中心は何といってもリード・ギターでリード・シンガーでソングライターのジョン・フォガティ。

はじめの二枚のアルバムは、騒々しいクラブやバーを転々とした十年近くの無名時代を反映するかのように、フォガティの声は時にはほとんど絶叫に近いが、アルバムを重ねるごとに次第に落ち着きも備わってくる。四枚目の『ウィリー・アンド・ザ・プアボーイズ』あたりではグループとしてのアイデンティティもはっきり見えてきていて、女の子もいないし金もない、ひたすら禁欲的に音楽を演奏しつづける貧しい男たち、という自己像がそのままアルバム全体をまとめるイメージになっている。このアルバムと五枚目の『コスモズ・ファクトリー』、そして六枚目の『ペンデュラム』あたりが彼らの絶頂期。七一年トム・フォガティが脱退、七二年、残念ながら才能において劣る他の二人が同等の主導権を主張したことが原因で解散。ジョン・フォガティは長いブランクののち、八五年からソロ歌手として活躍し、新曲のひとつがクリーデンス時代の彼自身の曲の「盗作」であるとしてクリーデンス期のレコード会社から訴えられる、という珍事件を体験している。要するにあまり変わってない人なわけですね。

（1995. 7）

［音楽的休憩6］フェアポート・コンヴェンション

Fairport Convention

ロックのエネルギーと、民謡の郷愁を絶妙に融合させた歌声。エレクトリック・ギターとドラムスの力強いリズムと違和感なく拮抗しあうバイオリン。オリジナルでさえも伝承歌謡のように聞こえる古風なメロディと詩。この革新的グループの登場によって、六〇年代末から七〇年代初頭、いわゆる「ブリティッシュ・トラッド」の流れは大いに活気づいた。当時はアメリカでも、アメリカの伝承歌謡ともいうべきカントリー&ウェスタンの要素をロックに取り入れた「カントリー・ロック」が生まれつつあった。現体制打破を叫ぶ六〇年代の気風は、その一部において、伝統への創造的回帰という形をとったのである。

一連のカントリー・ロックのバンドが何度もメンバー交代をくり返したように、ブリティッシュ・トラッドも強度の団員交代症候群に苛まれることになるが、最強バンドたるフェアポートはその症候群においても最悪だった。どうやら、伝承歌謡とロックを融合させる試みには、「トラッド化」と「ロック化」という相反する二つの方向性が存在し、つねに分裂の危機がひそんでいるらしい。フェアポートの創立メンバーの一人アシュリー・ハッチングズも、その後もっと伝統志向の音楽を志してスティーライ・スパンを結成、だがここでもバンドの「ロック化」に遭い、さらに伝統志向のアルビオン・バンドを結成した。

十四代にわたるバンドの歴史のなかで、最強メンバーが作った最高のアルバムは、六九年の『リージ・アンド・リーフ』。ギターとドラムスがダンスのリズムを刻み、バイオリンが絡むなか、「さあ皆の衆、吟遊せる楽人たちよ、ともに霊を喚び起こし、空を動かそうではないか」とはじまるオリジナル「カム・オール・イー」は、来たるべきブリティッシュ・トラッドの隆盛を呼び入れているかのような躍動感にあふれている。

当時のメンバーには、その後のフェアポート「長期政権」を支えることになるデイヴ・スウォブリック（バイオリン）もいれば、リチャード・トンプソン（ギター）のようにやがてソロで飛躍することになる人もいた。だが、この時期のフェアポートの魅力の中心は、何といってもボーカルの故サンディ・デニーだろう。単純なメロディのくり返しにも呪文のような力強さがこもる、張りのあるかすれ気味の声は、聞き手の心を捉えて離さない。失恋や死の歌を得意とする可憐なマディ・プライアー（スティーライ・スパン）、イギリス的な薄暗い郷愁を漂わせるジャッキ・マクシー（ペンタングル）など、主要トラッド・バンドの魅力はある程度その女性シンガーに凝縮される傾向にあるが、このころのサンディ・デニーの、巫女のような呪縛力を帯びた、だがどこか哀愁を漂わせた歌声は最高である。

（1995. 7）

5. 不明の記憶

ロボット

The Robot

「わたくしはあなたのお母様とお友だちだったわけじゃございませんわ」とその女性はきっぱり言った。女学校で母と同級だったというその女性に、母についてひとつ質問しようとした僕が「母と女学校でお友だちでいらしたころ……」と言いかけたのを、ぴしゃっとはねつけるように彼女はそう言ったのだ。あまりの勢いに圧倒されて、僕は何を訊こうとしていたかも忘れてしまった。

「わたくしの姉の絵について、わたくしとあなたのお母様とでは意見が違っていました」とその女性は言った。「姉の絵をお母様は、ちょっとおセンチにすぎるんじゃない、とおっしゃっていました」。女性の鼻がちょっと上を向いて、若干穴が広がった。「でもだからといって」と彼女は言葉をつづけた。「わたくしとあなたのお母様とが、仲が悪かったというわけじゃございません」そう言いながら彼女は首を軽く横に傾け、わずかな笑みさえ浮かべた。「おたがいの考え方、物の見方を、わたくしたちは尊重しあっていました」。いまや彼女はほとんど媚びるような様子さえ見せていた。といっても、もちろんべつに僕の気を惹こうというのではない。きついことを言ったあと、場を取りつくろうように媚びる、というのがたぶんこの人のやり方なのだろう。

　では、僕はこの人に惹かれているか？　それよりもまず、僕はこの女性の着物に目を奪われている。紺、茶、灰色と地味に色はついているものの、作りとしては、六十年前に母が女学生のころ撮ったセピア色のクラス写真からそのまま抜け出してきたみたいな、おそろしく古めかしい服なのだ。六十年前？　この人いったいいくつだ？　部分品がいちいち大きめの派手気味な顔は、濃い化粧を差し引いても、五十代くらいにしか見えない。

「それは嬉しいお話ですね」と僕は言った。「僕の知る母は、ほかの人と違う意見をはっきり口にするようなことがあまりありませんでしたから。きちんと自分の考えを言ったこともあると知って、何だかほっとしました」

　女性はふんと鼻を鳴らしかけて思いとどまったが、息子ってどうしてこう陳腐に母親を美化するのかしらね、と言いたげな表情はしっかり表に出た。

「でもとにかく」と今度はこっちが場を取りつくろおうとして言った。「亡くなった母のために、こうしてわざわざおいでいただいて――」

「あら違うわ、わたくしお母様のために伺ったんじゃないわ、あなたのために伺ったのよ」

「僕のために？」

「そうよ。あなたにお届けする物があったのよ」と彼女は言って、時代物の着物のふところに手を入れた。凝視するのは失礼とわかっていても、彼女が胸から何かごそごそ引っぱり出すのを僕は見ずにいられない。

彼女が取り出したのは、ゼンマイ仕掛けのロボットのおもちゃだった。

もう三十年以上見ていなかったけれど、一目ですぐわかった。それは僕が母の買い物と美容院についていったあと、ご褒美にバス通りのおもちゃ屋で買ってもらったロボットだった。そうか、この人が持っていたのか。

それは僕の記憶する限り、母が僕に買ってくれた唯一のおもちゃだった。背中のネジを巻いてから、床に置くと、ロボットはジージーと音を立てて歩き出した。まっすぐ前を向けて置いても、二、三歩も進むと右にそれはじめてしまう。体もいくぶん右前方に傾いて、ロボットはどんどん右へそれていった。

実はこの三十年間、このロボットのことをすっかり忘れていたわけではない。母のパーキンソン症候群がかなり進んで、体の動きがだいぶ不自由になったころ、母は体をいくぶん右前方に傾けて歩くようになった。廊下を歩いていると、はじめは真ん中を歩いていたはずが、いずれ右の壁に突き当たってしまった。そのたびに、そこに壁があることが理解できないような表情を母は見せた。そんな母を見ているときに、あのとき買ってもらったロボットのことを僕は思い出したのだ。

妙に神妙な表情になった女性から、僕はロボットを受け取った。ところどころ錆びているが、あのころのままだ。ボディにメーターやらライトやらが意味なく描き込んである。赤いプラスチックの目が電灯の光を反射して光っている。

僕は背中のゼンマイを巻いて、ロボットを床に置いた。

ジージー音を立てて、ロボットは歩きはじめた。二歩、三歩、だんだん右にそれていく。それでもロボットは歩きつづけた。体が少しずつ右にかしいでいって、ブレーキが効かなくなった足取りがどんどん速く、どんどん小幅になっていった。やがて、廊下の床板の溝に足の指が引っかかって、指を軸にして体を裏返しにねじるような格好になって、母はばったり仰向けに倒れた。ゼンマイが相変わらずジージー鳴って、両足がばたばた宙でもがいていた。

あはははは、と女性が悪意のこもった声で笑った。

（1998. 6）

どくろ仮面

Still on the Run

母親が大切にしている黒いスカーフをマント代わりにどくろ仮面ごっこをしてはいけないときつく言われていたにもかかわらず、母親が買い物に行って留守をするたびに、子供はこっそりたんすからスカーフを取り出して、どくろ仮面ごっこをはじめるのだった。

ごっこといっても、スカーフをマントのように肩に羽織って、プラスチックの剣を半ズボンにつっ込むだけだ。ほかの子供たちは骸骨や悪魔のお面をかぶったりするが、彼は子供にしては頬がげっそりこけていて、目もくぼんでいるので、にっと歯をむき出せば、そのままで十分どくろ仮面みたいなのである。

母親が美容院に出かけたので（前は母親が頭に変なお釜をかぶせられるのを見るのが好きで美容院について行きたがったものだが、どくろ仮面を発見してからそれもなくなった）、例によって鏡のなかのどくろ仮面を眺めて遊んでいた。彼がぎょろっと目をむけばどくろ仮面も目をむくし、剣をさっと抜けば向こうもさっと抜くのだが、鏡のなかにいるのが自分だという実感が、子供にはどうしても湧かなかった。

ふと、鏡の表面に目が行った。お店やよその家で見る鏡はどれもぴかぴかなのに、どうしてうちの鏡はいつもくすんで曇っているんだろう？　しばらく鏡の表面を見つめてからふたたび顔を上げると、自分がいつのまにか大学生になっていて、柱時計を見るともう五時半で、家庭教師のアルバイトに行く時間だった。隣の隣の町まで、小学校五年生の女の子に国語と算数を教えに行く。教えるといっても、女の子は彼のことをはなから馬鹿にしていて、実は全然授業にならない。この衣裳のまま行って、どくろ仮面だぞけけけけと脅かしたら、少しは怖がって勉強の足しになるだろうか。ものは試し、とス

カーフを羽織って剣をさしたまま自転車に乗って夕暮れの町を走っていった。すれ違う人たちにじろじろ見られてちょっと恥ずかしい。日の暮れるのが少し早くなっていてよかった。

ところが、隣の隣の町まで着いても、何度も行っているはずのアルバイト先の家が、なかなか見つからない。何回か同じところをぐるぐる回った末に、森下仁丹の看板のある薬屋と、ペンキのはげかけたポストが店先にあるタバコ屋のあいだだからここにちがいない、と思って見てみると、つい去年建ったはずの、このあたりにしては豪奢な屋敷（だいたいこのへんでは家庭教師なんかを雇うのも珍しい）の代わりに、発電機で灯したいくつかの裸電球の下で、何人かの男たちが忙しくテントを組み立てている。と、作業服を着た赤ら顔で猪首の男が彼に気づいて、「アルバイトの学生さん、遅れちゃ困るぜ。さっさと中に入って指示を受けとくれ」と言った。

テントのなかに入ると、吸血鬼だの、べろを出した唐傘だのに扮した人間がうろうろしている。どうやらこのテント、納涼のための即席お化け屋敷らしい。町会あたりが金を出しているのだろうか。電灯の下で見ると、吸血鬼も唐傘も実にチャチで全然怖くない。素顔のままの彼のどくろ仮面の方がよっぽど怖い。でもまあこれで十分なのだろう。お化け屋敷のなかは暗い。闇からわっと飛び出してくれば、ペコちゃんだって十分怖い。

「とにかくね、通路の両側の竹やぶから出ちゃいけないよ。いくら声を出しても派手に動いてもいいけど、通路に出てお客さんに触っちゃ駄目。向こうははじめっから怖がる気で来てるんだからね、適当にやればいいんだよ、適当に」と、アルバイトの統率係とおぼしきおっさんがみんなの顔を見渡しながら言い、お岩さんや化け猫が素直にうなずく。「それじゃ各自、持ち場について」

どこが持ち場だかよくわからないので、このへんでいいかと、狼男と一つ目小僧のあいだに立ったが、やたら強がってこっちに殴りかかってきそうな勢いの子供たちや、キャアキャア声ばかりやかましいアベックを相手にする気になれないので、客が通りかかってもただぼさっと竹やぶのなかにつっ立っていた。と、向こうから、何だか妙に古めかしい感じの男女がやって来る。男の眼鏡は丸くてズボンは太く、女のパラソルの模様はいかにも昔はハイカラに思えたんだろうなあという古めかしさで、ハイヒールのかかともえらく太い。景気づけのつもりか、「もし〜も月給が上がったら〜」と歌っている。「私はパラソル買いたいわ〜」のところで女はパラソルをふり回し、「僕は帽子と洋服だ〜」では男が帽子を持ち上げる。よく見ればそれは、写真で知っている、若いころの彼の父と母だ。買いたいわって言うけど、もう持ってるじゃないかよパラソル。いつもこういうふうに理不尽な両親なのだ。

そういえば、と彼はデルモア・シュウォーツの短篇を思い出した。若者が映画を見ていると、スクリーンに若いころの両親が出てきて、遊園地へデートに出かける。そして、父が母にプロポーズする段になって、若者は突如席から立ち上がり、「やめろ！　そんな結婚ろくなことにならないぞ！　生まれてくる子供もろくでなしばっかりだ！」と叫ぶのだ。自分も同じことをこの若き父母に言ってやろうかと思うが、彼の知るかぎり、べつにそこまで悲惨な結婚生活でもなかったようだ。でも、せっかく自分が生まれる前の両親に出会えたのだし、何も言わずに行かせてしまうのももったいない気がして、とりあえず、統率係の指示も無視して、竹やぶから出て若き両親の前に立ちはだかった。

驚いたのは両親である。特に母親は、どくろ仮面がいきなり目の前に現われた上に、何とそいつが、自分の大切にしているスカーフをマント代わりに身につけているものだから、恐怖よりも先に怒りに包まれてしまった。許せない、と思った彼女は、夫が月光仮面だかナショナルキッドだか七色仮面（は下ぶくれでいまひとつぃかさないのだが）だかに変身して悪者を退治してくれるのを待ったが、夫ときたらすっかり脅えてしまって、歯をガチガチ震わせて「は、はなせばわかる」と暗殺される直前の昔の政治家みたいなことを間抜けに口走るばかりで、全然頼りにならない。

こうなったら自分が、と妻はパラソルをふり上げてどくろ仮面に襲いかかった。

ふだんはあまり怖い母親ではないが、どくろ仮面ごっこを見つけたときだけはものすごく怖い。子供はあわてて逃げ出した。懸命に走っても、ふり回されるパラソルがヒューヒュー鳴る音と、ハイヒールが砂利道をカツカツカツカツ叩く音はいっこうに遠ざからない。

あれからずっと、彼は逃げている。もう四十四歳になって、このあいだ部長補佐にもなったし下の子も中学に上がって、まっとうな社会人として暮らしているが、本当はまだ、パラソルのヒューヒュー鳴る音とハイヒールのカツカツカツカツという音から逃げているのだ。そうやって逃げながら社会人をやるのは楽ではない。だから彼はいつも疲れている。

（1998. 10）

バレンタイン

Valentine

路地へ入っていくと、小学生の男の子が目の前を歩いているのが見えて、参ったな、と君は思う。

参ったな、あれは僕じゃないか、と君は思う。

バリカンで雑に刈り上げた髪や、いかにも「ゴム靴」という感じの運動靴からしてそもそもいまどきの子供ではありえないし、道にお金が落ちてるんじゃないかと思ってるみたいな歩き方はやめなさい、と母親に言われたあの背の丸まり方といい、すり切れた青いジャンパーといい、それに何と言っても、右のポケットに入れたこぶしに見るからに力が入っている様子からして、間違いない、あれはかつての君だった子だ。

子供もいないし、借りているマンションも決して狭くはないのだが、何しろ仕事がら本が多く、本棚はとっくに満杯になってそこら中に本が積まれ、地点Aから地点Bへ行くのに迷路をたどるような複雑な行程を経ねばならなくなってきたので、とうとう君も君の妻も観念して、君が生まれ育った、もう両親ともいなくなって空き家になっている古い家を壊して書庫付きの家を建てることにしたのだった。

子供のころ住んでいた街をまた歩くようになると、何とはなしに、誰か同級生とかはいないかと思って、すれ違う人の顔をのぞいてみる。そのときについ、子供とか、若者とかの顔を見てしまう。同級生を探すなら、君と同じ、くたびれた中年の男女を見ないといけないのに。

通勤で駅へ行くには、畳屋のところでバス通りを渡ると一番近いのだが、ほんの少し遠回りして、子供のころから好きだった、細い路地を通っていった。

このへんにしては妙に品のいい呉服屋がなぜかぽつんと一軒あったり、古風なランプが軒先に垂れている眼科があったり、何といっても車が通らないし、その静かさが子供のころから好きだった。もちろん大半の家はもう変わってしまったが、それでも静かさは変わらない。呉服屋もまだ残っている。子供のころは、毎週水曜日の放課後、この路地を通って、少年サンデーを買いに行った。

だから君は、君の目の前を歩いている子供が、路地を抜けたら左へ曲がることを知っている。左へ曲がって、バス通りまで出ると左側には今は総菜屋があり、それ以前何年かはドラッグストアだったし、その前は何年かシャッターが降りっぱなしだったが、その子が歩いていけば、そこに本屋があることを君は知っている。お婆さんばかり三人でやっている、六郷堂という本屋だ。毎週水曜日に君がそこへポケットの右手に握りしめた、汗ばんだ十円玉を四枚出して、君はその最後の一冊を買った。

ときどき、その一冊さえももう売れてしまっていることがあって、そうすると、バス停二つ分歩いて別の本屋に行くか——そのころの君にはそこは別世界のように遠い——近所の古本屋の店先に並ぶのを用心深く見張るかしなくてはならない。

ある週など、タッチの差で、知らない年下の子供に買われてしまったことがあって、そんなこととしても仕方ないとわかってはいても、しばらくその子のあとをつけて行った。君はいつも家まで待ちきれずに、歩きながら『おそ松くん』のページを開くのだが、その子も『おそ松くん』かどうかはわからないけどとにかくやっぱり待ちきれなさそうに歩きながらページを開いたので、なんとなく許す気に、子供心にも許すとか許さないとかいう問題ではないことはわかったのだけれど、とにかくそういう気になった。

そして現在の君は、かつての君が、路地を出て左に曲がって、六郷堂に入っていくのをうしろからつけて行く。やれやれ、何もかも知ったとおりだ。でも、かつての君が少年サンデーを抱えて、ちょっとは嬉しそうな顔で店から出てくるのを見ると、君も何となく満足して、大学へ出勤するために駅へ向かう。

毎週水曜日は、夕方からの授業なので、出かけるのはいつも午後でいい。そうすると、どうもその時間が、かつての君が放課後に少年サンデーを買いに行った時間と一致するらしく、路地へ入るたびに、たいてい君は、目の前の、そこだけ何となく空気まで古びたように思える空間に、あんまり発育のよくなさげな子供が背を丸めて歩いているのを見るようになる。時間を少し遅くしたり早くしたりいろいろ実験してみて、数週間すると、かならず見られるようになる。

つかず離れずあとをつけ、ゼロ戦だの長嶋選手だのが表紙になっている漫画雑誌をその子が抱えて六郷堂を出てくるのを見届けてから、君はアメリカ文学の授業をしに大学へ出かけていく。

何週間かそういうことを続けているうちに、君は、もうかつての君が無事少年サンデーを買うのを見届けるだけでは物足りなくなってくる。君自身も、少年サンデーを読みたいと思うようになるのだ。『オバケのQ太郎』はまあどっちでもいいけど、『伊賀の影丸』の文学性は前よりわかるんじゃないかという気がするし、何といっても『おそ松くん』を君は読みたいのだ。

まだ何冊かあるうちに買えばいいと思って、もっと早い時間に行ってみたりもしたが、もちろんかつての君なしではそこにあるのは六郷堂ではなくそこそこにお洒落な総菜屋だ。そこで、首尾よくサンデーを買ったかつての君が待ちきれずに道を歩きながらページを開くのをうしろからのぞいてみたりもするが、あんまり近づいては怪しまれるし——実際、一度やってみたらあっさり気づかれてしまい、かつての君はページを閉じて気味悪そうに早足で逃げていった——気づかれないくらい遠くでは何も見えやしない。

道はひとつしかない。最後の一冊を、君はかつての君を出し抜いて買うしかないのだ。それも、ぎりぎりのタイミングで。あんまり先に行くと、そこは六郷堂ではなく総菜屋でしかない。このタイミングがけっこう難しく、だいたい君は機敏な方ではないから、三週間ばかり、結局、そうとは知らぬかつての君がいつも通り最後の一冊を無事購入するという結果に終わる。

だが四週間目、君とかつての君は、一方は左から一方は右から、まったく同時に最後の少年サンデーを手にする。奪い合いが起きる。かつての君は体も気も小さく決して自分を主張できる方ではないが、これだけは譲れないとばかり「僕が先だよ」と切羽詰まった声で叫ぶ（声変わり以前の自分の声を聞いたのは何年ぶりだ？）。

するると、君自身さえ驚いたことに、いまの君も、かつての君と同じくらい真剣に「違うよ。僕が先だ」と叫ぶ。何ごとかと、周りの人がこっちを向く。もちろんこういうとき、人は子供に味方する。すぐそばで競馬雑誌を立ち読みしていたヤクザ風の男が、えらく甲高い声で「何やってんだお前、子供と漫画の取り合いしてよぉ」とわめく。これはまだ、大人が漫画を読むようになる前の時代の話なのだ。

仕方がない。君は少年サンデーから手を離す。かつての君は、薄気味悪そうに君の方をチラチラ見ながら、レジというにはあまりに古風なレジに座ったお婆さんのところへサンデーを持っていき、十円玉四枚を黒ずんだ突起つきのゴムシートの上に置いて、サンデーを手に店を出ていく。

だが君はあきらめていない。こうなったら武力行使あるのみ。君はかつての君を追って店を出て、かつての君がバス通りの角を曲がって元来た道を引き返そうとしたところで一気に接近していき、少年サンデーを奪い取ろうとする。だが、それをうしろから見ていたのが、誰あろうさっきのヤクザ風の男、きっと君の怪しげな様子が気になってずっと見ていたのだろう、悪い大人からいたいけな子供を護ることこそ我が務めとばかりに張り切って飛んでくる。

ヤクザと正義が結びつけばこれはもう鬼に金棒。君は首根っこをつかまれ、平手打ちを食わされ、腹を殴られ、おまけに股間に蹴りを入れられ（これはいまひとつ決まらなかったので助かった）、あっさり路上に倒れ込む。眼鏡がふっ飛び、デイパックが転がる。何しろ歩道なんてあるかないかの狭いバス通りのこと、通りがかったバイクが危うく君の頭蓋を打ち砕きそうになりながら走り抜けていく。これでもう大丈夫と、手をぱんぱんはたきながら正義の味方は去っていく。

這いつくばって眼鏡を探し出し、デイパックを拾ってよろよろ立ち上がろうとすると、目の前に、かつての君が茫然とした顔で立って、こっちを見ている。君とかつての君の目が合う。と、かつての君はすべてを悟る。

通りがかりの人たちがじろじろ見ているのに気づいて、君は恥ずかしくなり、すたすた、のつもりがよたよたなのだがとにかくその場を立ち去ろうとバス通りを歩いていく。かつての君が君についてくる。そして、君と並んで歩きながら、「ねえ、読みたいんだったら僕の次に読んでいいよ。ちょっと待ってくれれば」と君に言う。「うん、ありがとう」と君は言って、「危ないから、こっち歩きな」と、かつての君が車道から遠い方を歩くよう位置を入れ替わる。しばらくそうやって、君たちは並んで歩いている。

少し黙って歩いてから、かつての君は、「ねえ、仕事行かなくていいの？」と君に訊く。

「いいんだ、今日は休講だって電話するから」と君は答える。

「キュウコウって？」

「普通より速くて特急より遅いやつだよ」と言った端から、我ながらつまらない冗談を言うものだと君は君自身に呆れてしまう。かつての君だった歳から、今に至る四十年間、身につけたものはこの程度の冗談を言う能力だけだったような気がしてくる。かつての君の目に、さっき古風なレジへ向かったときの薄気味悪げな表情が一瞬戻ってくる。

またしばらく黙って歩いてから、かつての君が、意を決したかのように、「ねえ、生きてくのって大変？」と訊く。

君はかつての君の顔を見る。これから控えている人生に、漠然と怯えている表情。ちょっと考えてから、君は答える。「大変な人もいるし、そんなに大変じゃない人もいる。運次第だと思う。僕はいままでのところ、けっこう運がよかった」

「ふうん」とかつての君は、この答えをどう受けとめていいかわからないかのように、とりあえずうなずく。

「大変だと思うときもあるけど、けっこう楽しいと思うときもあるよ。あくまで運がよかったんだろうけど、僕は十代より二十代の方が楽しかったし、二十代より三十代の方が楽しかったし、三十代より四十代の方が楽しい。五十代はまだなったばかりだからわからないけど」と君は言う。そんなSF的に遠い未来の話をされても、かつての君には何のことかさっぱりわからない。今度はうなずきさえしない。

君は説明を試みる。「僕は外国の小説をホンヤクしてるんだけど、それを読んで面白かったって言ってくれる人がいるのは嬉しい。そうやって読んでくれた女の人が、バレンタインにチョコレートをくれたりするのも嬉しい」

「バレンタインって？」と、その言葉を初めて耳にしたかつての君は君に訊ねる。そうか、バレンタインが習慣になるのはもう少し先か。たしか中学になったらもう、もてる奴が女の子たちからもらってたけど、このころはまだかなあ。君はその手のことにうとい子供だったから、実はもう世の中では広まっているのに君だけ知らないのかもしれない。

どう説明しようか、と考えながら君は、かつての君の顔を見る。怯えの表情はもう今は消えて、とまどいがそれに取って代わり、顔全体がひとつのクエスチョンマークになっている。いちおう無邪気ではあるけれど、可愛げというようなものは特にない。ひとまず目鼻立ちははっきりしているが、ハンサムとかそういう感じではない。もちろん男臭さ、とかそういうのともまるで無縁。まあ僕が女の子だったら、と君は思う、こいつにバレンタインあげる気にはならないだろうな。

（2006. 6）

ホワイトデー

March the 14th

親が残していった借地とはいえ、とにかく一丁前の大人みたいに、いちおう自分の金で書庫付きの家を建てたなんて、どうも嘘っぽいとずっと思っていたし、夢のなかで出てくるのは依然いつも父親が自分で設計して建てた平屋の木造家屋だったので、ある日大学から家に帰ってきたら、おととしの暮れに建ったはずの三階建てはあとかたもなく、代わりにあまりに見慣れた平屋がそこにあるのを見ても、本当はものすごく驚くべきなのに、彼はそれほど驚く気にならなかった。

やっぱりな、というのがまず湧いてきた感慨だった。どうも話がうますぎると思ってたんだよな、と。

しかしもちろん、驚くべきことではある。しばらくは、自分の生まれ育った家をぽかんと見ていたが、周りはどうなっているかと、隣や向かいの家を見回してみると、どこもみんな平成のままである。どうやら、自分の家一軒だけが「本来の」姿に戻ったようだ——と、思ったのもつかのま、次の瞬間、周りの家々が見る見る姿を変えていった。ヴォネガットの『スローターハウス5』でうしろ向きに飛ぶ爆撃機に爆弾が地面から次々収納されていくのを幻視するビリー・ピルグリムのように彼が見守るなか、家々はだんだんと新しくなっていき、やがて突然崩れ落ちて、全然別の、どこも相当に古い家がすくっと建って、それがまた見る見る新しくなり、そのうちにぴたっと、何もかもが止まった。よそも彼の家に「追いついた」のだ。

そのことを頭で理解するより前に、もうあとには戻れないんだという実感が体にみなぎった。

間違いない。彼の周りで、すべてが、東京オリンピックもまだ先の話である昭和の世界に戻ってしまっていた。

次の瞬間、最後のひとつの希望が胸に浮かんだが、確かめてみるまでもなく、それも空しい望みだと直感した。つまり、周りが全部昭和に戻っても、自分も一緒に昭和の自分に戻ったのなら、まああきらめもつく。ろくでもない少年時代だったけど今度はそれなりにうまくやれるかもしれない、なんてことまで一瞬のうちに考えた。が、いくら若く見えるとはいえ年相応に血管の浮き出てきた両の手の甲を見てみるまでもなく、あるいはやや薄くなってきた後頭部に触ってみるまでもなく、自分だけは平成五十男のままなのだと、彼はもうすでに本能的に悟っていた。だいたい、両目を覆っている縁なし眼鏡で話は決まりだ。子供のころは左右とも一・五で、目が悪い人なんていうのは単にちゃんと見る気がないだけじゃないかと思っていたのである。

ふと顔を上げると、目の前の平屋の曇りガラスの向こうに、人影が見えた。小柄な影が、台所にあたる場所を、ややうつむき加減に左へ右へ動いている。母親だ。何だかえらいことになってしまったが、まあ少なくとも母親にもう一度会えることにはなったわけだ。それも、咽頭癌で声帯を取り去る前の、まだ喋れるころの母親に。

むろん会えるとはいっても、母が彼を見てどう反応するかはまったくの未知数なわけだが、そこまで頭が回らないまま、体が自然に動いて、彼は木戸を開け、見慣れた真鍮のノブをひねって玄関のドアを開けていた。つい昨日まで住んでいたように思える家のなかに足を踏み入れて、もう少しで「ただいま」という言葉が口をついて出ようとしたところで、彼が記憶している晩年の姿よりずっと若く見える母親が廊下を歩いてやって来た。白いセーターを着た母は、華やいだところはないが、どこかほとんど少女の面影を残している。

そんな母が、彼を一目見るなり、「あら、あんたまた来たの」と言った。

何が何だかわからないまま、ここはひとまず話を合わせるのが得策だととっさに思い「ええ、はい」と曖昧に答えながら、記憶のなかで、子供のころのある日の出来事が見る見るよみがえってくるのを彼は感じていた。

たぶん小学校の二年か、三年のころだったろう。知らない男の人が家にやって来て、母が「あら、あんたまた来たの」と言い、一言二言、小言のような口調で話したあと、小銭を与えて帰したことがあった。

その日のことを思い出しながら、彼はいまここにいる母が、次は「仕事、見つかったの？　ちゃんと探してるの？　いつまでもふらふらしてちゃ駄目よ」というようなことを口にするものとほとんど確信した。そして母は、まったくその通りのことを言った。「仕事、見つかったの？　ちゃんと探してるの？　いつまでもふらふらしてちゃ駄目よ」

あの日、男が帰ってから訊いてみると、あれは失業中の人で、ああやって家々を回って金を恵んでもらっているのだと母は言った。人の好意に甘えて、真剣に仕事を探していないのだと母は言った。

誰に対しても、自信をもってふるまうということのできない母が、珍しくその人に対しては、かなりはっきりした態度で接し、本人が帰ってから言った言葉もずいぶんきっぱりとしていたので、それは妙に彼の記憶に残った。その後も何度か、あの日母親のうしろから見た、ぱっとしない身なりの大人のことを何度か思い出したが、日々の暮らしに追われているうちに、やがてそれも忘れてしまっていた。

「しょうがないわねえ。ちょっと待ってなさい」と母は言って居間に戻っていき、少し経ってまた現われて、「はいこれ。ちゃんと食べるのよ」と言って十円玉を一枚渡してくれた。相手は母親だと思ってつい「ありがとう」と彼が言うと、「ありがとうじゃないわよ、ありがとうございます、でしょ。まったく、礼儀も知らないんだから。仕事が見つからないのも無理ないわね」

こう言われたあとはもう、ぺこりと頭を下げて帰るしかない。ドアを閉めて、ふたたび木戸を開けて道に出た。さあ、これからどうするか。まずは公園にでも行って、座ってじっくり考えよう。タイヤ公園なら花もきれいで少しは気も晴れるだろう――と思った次の瞬間、タイヤ公園が作られるのはまだ十年ばかり先だと思い起こした。とりあえず、駅の方に向かって歩き出した。

母に恵んでもらった十円玉をさっきから握ったままだと気がついて、財布にしまおうとコートのポケットに手を入れる。なかには偽札防止のホログラムがついた最新の一万円札や千円札が何枚か入っている。もちろんそんなもの、ここでは何の役にも立たない。二〇〇九年まで有効のクレジットカードも、携帯電話の普及でもはや過去の遺物になりつつあるテレホンカードも、スイカもパスネットも、いっさい使えない。五百円玉、百円玉、五十円玉も同じこと、どれもまだ製造されていないデザインである。使えるのは十円、五円、一円だけだ。さっきソバ屋でお釣りをもらったときに、やたら十円玉が多くてちょっとムッとしたが、いまとなってはそれがありがたかった。

もちろん使うには注意が必要だ。「平成十二年」なんて字に気づかれたらおしまいである。さっと払って、さっと出て行かないといけない。数えてみたら、母からもらった十円を入れて一六二円ある。二、三度腹一杯食べるには充分な額だろう。でも寝るところはどうする？　カプセルホテルなんてものはまだ登場していない。まずは橋の下で雨風をしのぐしかない。三月にしてはけっこう暖かい陽気で助かった、と彼は思った。

こうして彼の、第二の人生がはじまった。

夜は六郷橋の下で震えて眠り、昼は晴れていれば公園でうたた寝しながら、とにかく金になる手だてを探した。公衆電話を見ればかならず返却口に手を突っ込んだし（自動販売機が頼りだ、とはじめ思ったが、この時代に自販機がまだこんなに少ないなんて――たまにあっても釣り銭が出る機能なんてない――忘れていた）、道を歩くときはつねに下を向き、岩倉具視《ともみ》の肖像が入った五百円札がドブのすぐ横に落ちているのを発見したときには心底狂喜した。

町工場などで物を積んだりおろしたりしているのに出くわすたび、手伝わせてもらえないかと頼んだ。もちろん「あっち行け、乞食」「警察呼ぶぞ」などと言われることも多かったが、親切な人も案外多かった。一生懸命働いているところを見せれば——何しろ力はないのだから、誠意を見せるしかない——仕事が終わると「ありがとうよ」と言って気前よく百円札を握らせてくれる人もいたし、「悪いな、仕事はないんだ。でもよかったらメシを食ってけよ」と、御飯をごちそうしてくれる人もいた。

最初に持っていた十円五円一円はもうとっくになくなっていた（「あれ、なんだこれ？」と店のおやじが素《す》っ頓狂《とんきよう》な声を上げるといった危ない場面も何度かあったが、覚悟はしていたから逃げるスタートは運動神経が鈍いわりにめっぽう早かった）。そうこうするうちに、当時このあたりに残っていた数少ない畑を持っている人が、農作業に定期的に使ってくれるようになり、見るに堪えないほど不潔になる前に、三畳のアパートを借りられるところまで漕ぎつけた。戸籍も何も持っていないから、金はいちおうあっても借りるのは厄介かと思ったが、農家の親父さんと不動産屋とが飲み仲間で、保証人も親父さんがなってくれるということで、「すいません、昔のことはちょっと」と言ったら向こうもあれこれ訊かないでくれた。

大学教師兼翻訳者だったころに較べれば、落ちぶれたもいいところだが、案外それも気にならなかった。何よりも、自分の運のよさに感謝していた。戸籍上は存在しない人間として、腕力も生活力もない自分がこうやって生き延びられただけでも幸運としか言いようがない。かりにこの世界に迷い込んでくるのが、もう一か月ばかり早くて二月の厳寒だったら、あっさり野垂れ死にしていたかもしれないのだ。雇い主ともその家族とも必要最低限しか喋らず、友だちもいなかったが、それなりに満ち足りていた。

夜はラジオを聴き、休みの日は散歩をしたり図書館に行ってドストエフスキーを読んだりした。夏になると、ションベンプールと子供たちが呼んでいる薄汚いプールで子供たちに混じって泳いだ。

何十年もあとに書かれることになるベストセラー小説をいま書けばけっこう売れるかも、などと考えもしたが、面倒くさいという気持ちの方が先に立った。だいいち、覚えているのはあらすじだけだ。書いたところで、全然違うものになってしまうだろう。野球や相撲で誰が優勝するかの賭けに加わったら、とも思ったが、具体的に何年にどのチームが優勝したのか、思い出そうとしてもいっこうに記憶は戻ってこなかった。ハイセイコーという馬がやたら強かったことは覚えているが、これもまだ何年も先の話だ。

そうこうするうちに、一年が過ぎた。あっというまである。

自分の家の前は散歩の途中に何度か通っていたが、訪ねていったことはあれ以来一度もなかった。日曜日の休みには、行けば父にも会えるかもしれないと思ったし、会いたくないわけではなかったが、なんとなく、父は母ほど寛容に接してはくれないだろうという予感があった。職にも就かず物乞いをして回っている男を見て、父はあっさり、帰れ、とどなりつけるだろう。もういちおう職もあるわけだが、だったらそれはそれで、何しに来た、と怖い顔を見せるにちがいない。

たまたま道で父や母を見かけたことはなかったし、それに兄や自分の姿も……自分？　そうだ、この昭和の世界で、自分は、たぶん小学生の自分は、どうしているだろう？　どうしていままで思いつかなかったんだろう。やっぱり生きるだけで精一杯だったのだろうか。とにかく、急に好奇心に駆られて、いても立ってもいられなくなり、幸い雨で農作業もないので、農家の親父さんに断って休みをもらい、このあいだ拾った黒い傘を差して自分の——自分の、という気はもう薄れていたけれど——家に出かけていった。今日は平日、父もいないから気は楽だ。

去年はついていなかったブザーが玄関についていたので、ボタンを押した。ドアを開けた母は「あら、あんたまた来たの」と、去年とまったく同じ口調で言った。そしていつもと同じように、仕事見つかったの、ちゃんと探してるの云々を言いはじめようとしたが、彼の様子がいつもと何か違うことに気がつき、思い直して口をつぐんで、柱に片手を添えてじっくり彼を上から下までじろじろ見た。

彼も母を見た。母に見つめられて妙にどきどきし、頭のなかが真っ白になり、心臓が高鳴った。やがて、母がにっこりした。「仕事、見つかったのね」と母は言った。「ええ、まあ」と彼は言った。農作業の手伝いをしていていちおうアパートに住んでるんです、まあ畑はどんどん減ってるからいつまで働けるかわからないんですけど、というようなことをぼそぼそと説明した。

「そう、よかったわね」と母は言って、「ちょっと待ってて」と言い、しばらく奥に消えていたがやがてまた軽やかな足取りで戻ってきた。「はい、これはお祝い。これで最後よ」と言いながら、母は百円札を差し出した。

ありがとうございます、と彼はていねいに礼を言い——もう相手が母だという気も薄れてきていたので他人行儀で接するのは難しくなかった——帰ろうとした。そのとき、そもそもなぜ今日ここに来たかを彼は思い出した。

「ところで、お子さんはお元気ですか？」と母に訊いた。ごく普通の挨拶のように聞こえればと思って言ったのだが、言葉が喉の奥がつっかえてしまい、妙に切羽詰《せつぱ》まった訊き方になってしまった。

母は怪訝《けげん》そうな顔をした。さっきまでの和やかな表情が消えて、「何よ、誘拐でもするつもりじゃないでしょうね」と言った。当時、子供の誘拐が大きな社会問題であることは、かつての昭和とこの昭和の両方で彼も知っている。「やめてよね、うちは一人っ子なんだから」と母はきつい調子で言った。

一人っ子……ちょっと待ってくれ、うちは二つ上の兄貴と、僕との、二人兄弟じゃないのか？

母が気味悪がって怯え出すくらい長いあいだ、彼は茫然としていたが、やがてすべてを悟った。

この昭和では、あの昭和での彼は存在しない。いるのは、いまここにいる自分自身だけなのだ。でもその自分は、別の昭和を介してこの家と、この母親とつながっている。だからこそ母も、自分が物乞いに来るたびに、きつい言い方ではあるけれど、妙に親身になってあれこれ忠告してくれたのだろう。かつての彼が、母の態度がなんだかいつもと違うと思ったのも、そのためなのだ。

次の瞬間、母が何かを感じた。不思議そうに、なぜかずっと見過ごしてきた大事な意味にいま初めて気がつきかけているかのように、彼の目をまじまじと見つめている。自分と、このむさ苦しい中年男とのあいだに、神秘的な絆があることを母は感じとっている。

だがそのとき、豆腐屋のラッパが通りから聞こえてきて、母は我に返った。プー、ピー。はいいらっしゃい、木綿一丁ね、はいはい毎度。いやぁお婆ちゃん、雨だからって休めませんよ……。

たったいま湧いてきた思いは、言葉にしようもないまま、母の意識の下に沈んでいく。言葉にならない本能的なものを抑圧することにかけては、母も彼も父親も、この一家は昔からみんな得意だった。彼女に訪れた不思議な思いは、もう二度と戻ってこないだろう。

元物乞い男に必要以上に歩み寄ってしまったことをバツ悪く思っている様子で、母は彼と目を合わせずに「じゃ、元気でね。もう来なくて済むわよね」と言った。どうもいろいろお世話になりまして、とか何とかしどろもどろに呟いて、彼はドアを閉めて外に出た。

あの昭和での自分がここでは存在しないというのがどういうことなのか、その意味を考えあぐねて、暗くなるまで街をあてもなく歩き回った。それでも、どんなに病気でも悩みがあっても腹だけはしっかり減るのはいつもの通りで、彼は蛍光灯の灯った定食屋に入り、四十円のトンカツ定食を注文しかけたが母にもらった百円札を思い出して五十円のヒレカツ定食を頼んだ。カツが来るのを待ちながら、ふと、柱にかかった日めくりカレンダーが目に止まった。

三月十四日。その日付が、彼の記憶のどこかを刺激した。三月十四日。ええと、三月十四日までに何かしなくちゃいけなかったはずだぞ。何だっけ……？

久しぶりに、ものすごく久しぶりに、平成の世界にいたころのことを彼は考えはじめた。この昭和に迷い込むことになったあの帰り道、そう、彼は、そろそろ三月十四日のホワイトデーだな、何にするか考えないとな、と思案していたのだった。以前は、彼にチョコレートをくれる奇特な女性たちのために、音楽テープを編集したり、人の書いた詩や短篇を訳したりしてお返しにしていたけれど、ここ何年かは、自分でエッセイのような小説のようなものを書いて送っていた。今年も何か書きたいな、何を書こうかな、と彼は考えながら歩いていたのだ。

あのころは幸せだったな、という思いが、胸のなかで締め切っていたドアがいきなりぱっと開いたみたいに一気に湧いてきた。

これはこれで悪くない暮らしだ、と思っていたし、それは嘘ではない。でも、いろんなものが失われたこともまた確かなのだ。
チカチカ切れかけた蛍光灯の下、青いプラスチックの箸立ても長嶋のサヨナラホームランを告げるスポーツ新聞の見出しも目に入らなくなって、彼はつかのま、三階建ての家の床暖房で暖まった書斎に戻って、ブライアン・ウィルソンを聴きながらいい気分でパソコンを叩いていた。でもそれはしょせん、マッチ売りの少女がマッチの炎のなかに見ている暖かい光景と変わらないことを彼は意識していた。定食屋のおかみさんが気味悪そうに見守っているのにも気づかずに、この昭和に移ってきて初めて、彼は声を上げて泣いた。

(2006. 6)

テイク・ファイブ

Take Five

いろんな仕事が遅れに遅れに遅れに遅れに遅れて、何がなんだかわからないまま毎日が過ぎていき、気がつけばもう一月近く泳ぎに行っていないと思い立って、やっと少し余裕ができたので、晴れた日曜の朝、行楽地に出かけるとおぼしき親子連れや、デートに行くのかばっちりお洒落した女の子に混じって、近所のジムまで歩いていった。

何も考えずに心身ともリラックスして泳げるようになるのが理想だが、いつまで経ってもうまくならないので、肱をもっと上げなくちゃとか、息継ぎの最中に足が止まっちゃいけないとか、水をかきはじめる前に手をもっと下げないと、とか、いまひとつ物覚えの悪い部下たちを抱えた中間管理職みたいにあれこれ気が休まる間もなく、どこまでいわゆるリラクゼーションに役立っているのか実はよくわからない。

三十分ばかり管理職をやって、やれやれとプールから這い上がり、シャワーを浴びて髪を洗い、サウナに入る。ここはさすがに、肱だの息継ぎだのを考える必要はないので、ほぼ全面的にリラックスできる。汗が両腕から玉になって出てくるのを眺めていると、体内の余計なものがどんどん排出されていく感じでなかなか気持ちがいい。余計なものが全部出ていって、ほとんど何も残っていない、空気の抜けた人形みたいな自分の姿が思い浮かんだりもするが――係の人が、平べったい薄いゴムと化した僕をつまみ上げて不燃ゴミの容器に放り込む。まあでもいちおう、リラックス。

ところが。そろそろ汗が本格的に出てきたかというあたりで、もう一人サウナに入ってくる。あ、またこの人か。

これまで何度か出くわしているが、とにかくいつも、登場した時点からすでに、もう十五分くらいサウナに入っているみたいにハアハアゼイゼイあえいでいる人である。歳はかなり行っていて、七十代半ばくらいか。背格好は僕とだいたい同じ。

ハアハアゼイゼイあえぐ声が、斜めうしろから、当たり障りのない音楽――BGM業界によってもっとも濫用された佳曲「ラヴィン・ユー」――をかき消すくらいの大きさで迫ってくる。ハアハアハアハア、ゼイゼイ。

ハアハアハアハア、ゼイゼイ。ハアハアハアハア、ゼイゼイ。なんだかますます大きく、ますます近くから聞こえてくる。大丈夫かな。ハア、ハアハア、ゼイ、ゼイゼイ、。今日は五拍子だ。「ラヴィン・ユー」が「テイク・ファイブ」に取って代わられる。見るともなく斜めうしろを見てみると、体は汗だく、目は閉じ、開いた口から五ビートが漏れ出ている。

ハ、ハ、ハ、ハアハア、ゼイ、ゼイゼイ、、「テイク・ファイブ」はなおも大きくなってくる。すぐ耳元で響いている気がする。というか、ほとんど僕の中で鳴っている気がする……

というか、本当に僕の中で鳴っているのだ。

ハアハアハア、ゼイゼイ。もう出ようか。何のこれしき。こっちより先に入っていた若い男だってまだ出ていない。ハアハアハア、ゼイゼイ。

と、斜め前にいるその、時おり見かける若い男が、こっちを向いて、声をかけてくる。「あの、大丈夫ですか?」

え? 見てみると、若いとばかり思っていたが、実は僕と同じくらいの歳じゃないか。というかこいつ、まるっきり僕にそっくりじゃないか。小さいくせに猫背で、あんぐり開けた口から覗く歯並びはすこぶる悪い。

ハアハアハア、ゼイゼイ。

「大丈夫ですか、お爺ちゃん?」

お爺ちゃん？　誰のこと言ってんだよ？　思わず自分の体を見てみる――と、いつの間にこんなに皺が寄ったんだろう、腹にも腕にも。脚なんかまるっきり鶏の手羽先で。恐るおそる頭に手を触れてみると、案の定、ほとんど残っていない。

実はいままでにも、夢想したことはあったのだ。子供のころの自分に出会う話はときどき書いたから、老人になった自分と出会うのはどうかなあ、などとなんとなく考えたりはしたのだ。だけど、自分が老人になってしまうところは想定していなかった……ハアハアハア、ゼイゼイ。ターンテーブルのベルトがのびてしまったレコードプレーヤーみたいに、「テイク・ファイブ」の回転が怪しくなってくる。

そこへ、ジムの係員が、タオルを交換しに入ってきた。「あ、大丈夫ですか、タバシさん？　ちょっと苦しそうですね」と係員は言い、若い男だったと思っていた五十がらみの男が「そうなんですよ、さっきから、ていうか最初からハアハアハア、ゼイゼイって」と言う。

気がつくと、一人に両肩を、一人に両足をつかまれて、タオルをかぶせられ仰向けにどこかへ運ばれていく。医務室に行くのだろうか。「テイク・ファイブ」のミュージシャンたちは息も切れぎれ、ピアノ、サックス、ドラムス、ベース、みんなバラバラに、目的地だけはいちおう同じという感じでよたよた進みつづけている。

四十年くらい前、このジムがある場所は原っぱで、子供たちはよくここで野球をして遊んだ。彼はほかのすべてのスポーツと同じく野球もまったく駄目だったから、外野以外守ったことはなく、むろん外野ならひとまずこなせたということでもなく、フライひとつ捕れやしない。彼の方にボールが飛んでいかないよう、みんな祈るだけだった。

あるとき、ライトを守っていた彼のところに、弾丸ライナーが飛んできた。何も考えず、グラブを前に出すと、真っ正面に飛んできたライナーがすっぽりその中に収まった。誰もがしばし唖然としていた。へろへろのフライだって捕れない奴が、弾丸ライナーをキャッチしたのだ。次の瞬間、みんなは我に返って、「二塁へ投げろ、早く、二塁！」と彼に向かって叫んだ。二塁ランナーは大きく飛び出している。いま投げればダブルプレー、へぼな子供野球ではめったに見られないシーンだ。だが、彼は投げられなかった。グラブに入ったボールを呆然と見つめながら、そこに立ちつくしていた。せかされたって無理だ。六十半ばを過ぎたあたりからは体の動きがめっきり緩慢になってしまったし、七十代に入ってからは右肩だってうまく上がらないのだから。

（2007.7）

文法の時間

Grammar Time!

何がなんだかわからないうちにイルカ型の潜水服を着せられて、本物のイルカと一緒にイルカショーに駆り出されたのだった。

もちろん本物のイルカよりずっと小さいから、役回りとしてはイルカの子供だか赤ん坊だかのそれらしい。親がスイーッとプールを一周すれば、こっちはうしろからよたよたついて行く。親がザバーッと何メートルもジャンプしたら、ゾボッ、とほんのちょっと跳び上がる。ぶざまもいいところだが、何ぶん子供だから、可愛らしいということにしてもらえるらしく、どうやら失笑でも嘲笑でもないらしい、明るく温かい笑いが観客席から聞こえてくる。

親イルカには、芸を決めるごとにイワシだか何だかがそっと報酬に与えられるが、こっちはそんなものもらっても喉が詰まってしまうので、調教係から頭を撫でられるだけである。そのたびに聴衆がまたワッと湧く。が、調教係の向こうに、鞭を持ったもう一人の調教係が控えていることも僕は見逃さない。

飛んだり跳ねたり、でんぐり返しをやったり逆立ちしたり（逆立ちが一番辛い――しこたま水を飲んでしまった）、二十分くらいが過ぎたところで、いよいよイルカショーの目玉である。ここの水族館のイルカは、ガァガァ鳴くだけではなく、人間の言葉を喋るのが売りなのである。それも簡単な挨拶などではありません、日本語のあらゆる動詞を正確に変化・活用させることができるのです……と、司会のお姉さんが言っているのが聞こえる。ふと顔を上げれば、彼女は客席に向けて一冊の本を掲げていて、表紙に大書きされた501という数字が目に飛び込んできた。なんと、あれは、僕のひそかな愛読書ではないか。Roland A. Lange 著、*501 Japanese Verbs: Fully Conjugated in All Forms*（『日本語動詞五〇一――全活用形一覧』）。

フランス語でなら、僕もこの手の本には学生時代すごくお世話になった。基本的な動詞それぞれに関して、不定詞の単純形・複合形からはじまり、直説法・条件法・接続法・命令法等に分けて、現在・半過去・単純過去・単純未来等々それぞれの時制ごとに、一人称・二人称・三人称の単数・複数について活用形が与えられている。はじめ見たときは、こんなにたくさん覚えられるのかと思ったものだが、勉強していくうちにある程度の法則性は見えてくるし、どことどこが大事でどことどこは大事でないかもわかってきて、案外頭に入るものである（もう全部忘れてしまったけど）。で、このラング氏の日本語動詞活用本は、同じことを日本語でやっているわけである。西洋語の文法用語と日本語の文法用語を混ぜこぜにした言い方になるが、直説法・命令法・仮定法等々それぞれに関し、普通体（INFORMAL）と丁寧体（FORMAL）が併記してあるところがミソである。たとえば、iwau の条件法否定形の普通体は iwawanakattara、丁寧体は iwaimasen desitara である。osu の仮定法の普通体は oseba、丁寧体としては osimaseba と osimasureba の二つが挙げられている。

……などといったことが、５０１という数字を見たとたんにパパッと脳内を駆けめぐったわけであるが、これをイルカにやらせようというのである。調教係に、動詞○○の××形は？と訊かれたら、我々イルカは即答せねばならないのだ。

ここに至り、鞭を持った調教係が一歩前に出たことを、僕は見逃さなかった。

まずは親イルカの番。日本語動詞活用に関するイルカの知識は、見事なものであった。「komaru の選択法肯定形の普通体は？」――komattari!「では否定形の丁寧体は？」――komarimasen desitari!「tatakau の直説法肯定形の尊敬型は何と何？」

——otatakai ni naru! otatakai nasaru!「matu の命令法否定形丁寧体は？」——omati nasaimasu na! と、お世辞にも美声とは言えないけれど、しかし一つひとつ明瞭そのものの発音で即答するのである。満場、割れるような拍手と歓声。鞭を持った男の出る幕はない。

次は子イルカの番である。ああ、日本語の文法がこんなにも難しいとは！　まず、「sinu の条件法の丁寧体二つは何と何？」と訊かれ、えーっと普通体が sineba なわけだから、そうすると丁寧体のひとつは sinimaseba! えっと、もうひとつは……と考えているうちに鞭が飛んできた。観客席から、嘲るような口調で正解を叫ぶ声が飛んでくる——sinimasureba! sinimasureba!

次の問いが発せられた。「horobosu の直説法肯定形の謙譲型は何と何？」——ああ、今度はひとつだって思いつかない。鞭の衝撃で高く（それこそ、さっき全力で跳んだときよりずっと高く）ジャンプする僕に、観客はウェーブみたいに左右に身体を揺らしながら、陰険に優しい声で ohorobosi suru! ohorobosi itasu! とささやきかけてくる。

もちろん鞭は訓練のうちであり、調教係としては、僕を痛めつけること自体が目的ではなかった。が、観客はそうではなかった。彼らは僕の文法的無知を許さなかった。さらに四問、五問と質問に答えられなかったところで、人々は観客席からなだれのように降りてきて、どこから奪ってきたのか、モップやらポールやらの長い棒を振り回して、僕を打ち据えはじめた。四方から囲まれ、逃げ道はなかった。どこへ逃れようと、棒が待っていた。一発が頭部を直撃し、脳天が割れるのがわかった。一瞬、激しい痛みが襲ったが、じきにもう、痛みすらも感じられなくなって、僕は沈んでいった。沈んでいく僕の耳に、調教係が必死に叫ぶ、korosu の命令法否定形の丁寧体が聞こえていた――okorosi nasaimasuna! okorosi nasaimasuna!

（2008. 4）

京浜工業地帯のスチュアート・ダイベック

Stuart Dybek in the Keihin Industrial Area

いつもの行動範囲から二キロくらい離れた土手の原っぱは宇宙の果てのように遠く思えて、野球をするにも自分たちの家の近くの狭い空地で甘んじていたのが、五、六年生あたりになると世界も一気に拡張し、川向こうにコロムビア・レコードの大きな音符のネオンが灯る夕暮れどきにはまだ少し心細くなったものの、ひとまずそういう不安はおたがいないふりをして、僕たちは放課後、毎日のように六郷川の土手まで野球をしに行った。

野球をしていると、知らない子供が寄ってきて、入れてくれ、と言ったりする。時には大人も来た。一人、ひところは毎週一度は来た人がいて、いつも審判をやってくれた。はじめ一方のチームに入れてあげたら、初球から大ホームラン、ボールが川まで飛んでいってしまったので、以後は本人も遠慮して、審判で我慢してくれるようになったのだ。ストライクだボールだ、セーフだアウトだ、と僕たちはしょっちゅう喧嘩していたから（というか、要するに審判なしで、すべて紳士的合意に基づいてプレーしていたのだから、あのくらいの頻度の喧嘩で済んでいたのがむしろ奇跡である）このおじさんの存在は実にありがたかった。プレーはできなくても、審判をしているだけで本人はけっこう楽しそうだった。

おじさん、と言ったが、何歳くらいだったかはわからない。小学生から見れば大人はみんなおじさんだ。二十代なかばだったかもしれないし、ひょっとしたら四十代だったか。昼間からぶらぶらしているのは、夜勤だったのか、それとも床屋さんか何かで平日が休みだったのか。まだ学生だったという可能性もある。そのころは、この人にもこの人なりの人生があるなんて考えもしなかったが、なぜかその後の年月、時おり思い出しては、彼の人生を想像してきた。一番よく思い浮かぶのは、彼が失業していたという筋書きである。勤めていた会社が倒産し、再就職に向けて努力するも結果ははかばかしくない。昼間からすることもなく、周りからは白い目で見られ、うしろめたい、鬱々とした日々を彼は送っていた。子供たちに混じって遊ぶときだけは、そういううしろめたさを感じずに済んでいたのかもしれない。少なくとも僕たちは、「おじさん、失業中？」などときいたふうなことを口をきくすれた子供ではなかった。

本人がどんな顔をしていたかなんてことはとっくに忘れてしまったから、長いあいだ、僕の記憶のなかで彼は顔を持たなかった。そこらへんをいくらでも歩いていそうな、とりあえず二十代後半か三十代前半あたりの、ごく普通の顔、というだけ。それが、いつごろからか、なぜかその顔が……シカゴ出身の某作家の顔になっていったのである。特に、はじめて現われてバッターボックスに立ち、川に飛び込む場外ホームランを打ってしまったときの、申し訳なさ七十パーセント、だが思わず出てしまう得意な気分三十パーセントの顔などは、どう考えても実際に見たとしか思えないくらいありありと、そのシカゴ出身の某作家の顔が浮かんでくる。

でもそれは、そんなに不思議なことだとは思われない。あの風の街で彼が目を閉じ、くるくる舞う葉の渦に足を踏み入れて行き着いた先が、あるいは広告塔の裏の、幼いころはコンゴだとなかば信じていた場所が、実は東京都大田区の六郷川の川べりだったとしても、僕にはまったく筋の通る話のように思える。たしか

に、沈む夕陽の代わりのように川向こうで光る音符のネオンは、風の街では見かけない眺めだっただろう。日が暮れてもしばらく土手にとどまっていると、川崎球場、という名だとは彼には知るよしもないスタジアムから聞こえてくる歓声には鉦《かね》や太鼓がやたらと混じっていて、聞き慣れたリグリー・フィールドの歓声とはいくらか違って聞こえたかもしれない。けれど、川沿いに工場が並んで、煙突から煙がたなびき、鉄橋を電車が走り、それと平行した橋には大型トラックが埃を上げて疾走していく情景は、彼の目にもほとんどあらかじめ見飽きた風景のように映ったのではないだろうか。もちろん人びとは、彼が聞いたこともない言葉を喋っている。だがそれをいうなら、彼が育った街でも、スペイン語やらイタリア語やら、彼にはわからない言葉がいっぱい飛び交っていたのであり、ポーランド系とはいえ実は彼はポーランド語も話せなかったのだ（それでも、英語の喋れない祖母と完璧に意思を交わしあえたのだが）。

方向を逆にして考えるなら、僕も、このシカゴ出身の作家をたずねて風の街を訪れ、彼が育った界隈を案内してもらったとき、ほとんど帰ってきたような思いを覚えたのである。むろん人種的には、僕が育った地域よりもはるかに多様であり、工場も高度成長期日本のようにフル稼働とは行かず閉鎖されているところも多かったが、それでも、道路沿いに生えた、トラックが上げていく埃に一日中耐えている草木のみずみずしくなさを見て、シカゴの下町が京浜工業地帯に直結していることを僕は知った。

そう思って、少し妄想してみると（まあここまでもすでに妄想か）、このシカゴ出身の某作家が、実は——学年は僕より一つ二つ上だろうか——東京都大田区に育って、半ズボンをはいて六郷の町の路地裏を駆け回り、まだところどころに残っていた肥溜《こえだ》めに落ちそうになったり川までホームランをかっ飛ばしてみんなの顰蹙《ひんしゅく》を買ったりしながら少年時代を過ごしたような気がしてくる。これまた逆方向に考えるなら、*Streets in Their Own Ink* と原題では呼ばれる詩集を読んで訳したいま、僕にもはっきり、彼のうしろにくっついて魔女の庭を探検し、苔むした階段を降りていってジニーの地下室を覗いた記憶があるのだし、さらには、彼と一緒にバスタブで英語も日本語も喋れないお祖母ちゃんにおへそまで洗ってもらった記憶すらあるのだ。

ひとつだけ補足しておくと、この本の原題は、イカの墨煮などを連想させる、実のところ「街の墨煮」と訳す方が忠実かもしれないタイトルである。「街の隅に」の誤植と思われるのを恐れて変えたわけでもないのだが、変えるべきではなかっただろうか。

（2008. 11）

納豆屋にリアリティを奪われた話

Weep for Tiger

どうも、やっぱり、納得が行かない。

なぜ僕が、もう五十三歳なのか。

そんなに、生きた気がしないんですけど。

そりゃまあ、給料や原稿料の額に見合っているかどうかはわからないとしても、いちおう仕事のようなことはやってきたような気がするし、その証拠になるような、翻訳書やら何やらも棚に並んではいる。でもそういう証拠があることと、生きた気がするかどうかはまた別問題であるわけで。

小学校、中学校のころは、実にさえない毎日で、コマがいつまで経っても回せなかったとか給食がまずかったとか二百メートル走でダントツビリだったとかネガティブな形ばっかりではあれ、とにかく生きた気はする。この「生きた気はする」というのがどういうことなのか、いまひとつはっきり言えないのだが、要するに、誰かに「君はそう言うけど、そんなことは、ほんとうにはなかったんだよ」と言われても、「いいえ、そんなことはありません。それは、ほんとうにあったのです」と言える自信があるかどうかということだと思う。跳び箱が跳べなかったことはほんとうにあったという確信があるが、『アメリカン・ナルシス』でサントリー学芸賞なんてものをもらったと君は思ってるけどそれは君の勘違いなんだよ、そんな賞は存在しないし、そんな本も君は出版していないんだよ、と言われたら、そうかもしれないなあ、と思ってしまうだろうと思う。そういう、生理的なレベルでの違いである。

まあとにかく。そういう意味で、生きた気がする最後の記憶は何だろうと考えてみると、これがなぜか、きわめて具体的に特定できるのである。東京学芸大に勤めていたところ、つまり三十代前半、大学からの帰り道に、いつものように武蔵小金井駅に帰る代わりに、国分寺駅まで歩いていって、途中にあった中古レコード店で、チャック・ベリーの『ベリー・グッド!!』という三枚組箱入りLPを買って（後年、『モンキービジネス』なる文芸誌の責任編集を務める土台はこのとき築かれた）、それを小脇に抱えて国分寺駅までの残りの道のりを歩いていたときの記憶、これが最後の、生きた気がする記憶なのである。

その後およそ二十年の記憶は、すべて、東大駒場での仕事にしても、練馬から蒲田に引っ越してきた顚末にしても、ほんとうにあったのかどうか、確かな気持ちが持てないのである。要するに、リアリティがない。

どうしてそうなのか、ずっとわからなかった。

ところが、先日、某書店でトークショーをやっていて、お客さんからの質問に答えている最中、その原因を、突然思いついたのである。

質問自体は、そういうこととは、まったく何の関係もなかった——と思う。どういう質問だったかすら、いまは覚えていないのだが、たぶん、いま何を訳しているのかとか、次の刊行予定は何か、といったようなわりと普通の内容だったと思う。そういう質問に、ほとんど事務的に答えている最中に、突然、納豆屋でのやりとりを、思い出したのである。

あのとき国分寺駅に向かいながら、チャック・ベリーの箱入りLPを小脇に抱えて歩いていると、ものすごく狭い、ドア二つ分くらいしかない間口の、納豆専門の小さな店に行きあたったので、大粒納豆を僕は買ったのだった。ここの店では、それまでにも何度か納豆を買っていた。自家製の、余計な添加物などのない素朴で美味しい納豆であり、値段もスーパーで売っている安い納豆とそれほど変わらない額で、こんなに安くてやって行けるのだろうか、とこっちが心配になるような店だった。何しろ、ほんとうに、大粒納豆小粒納豆挽き割り納豆、しか売っていない。ここで買わなければどこで買うのか、と思えるいい店なのだが、唯一、弱点と言うほどでもないにせよ、納豆にタレがついてくるのは、あくまで僕にとってはであるが、余分というほかなかった。納豆は単に醤油で味をつけ、ネギと青のりをどっさり入れるのが一番うまいと個人的には思う。カラシはまあ場合によるが、美味しい納豆ならやはり不要だと思う。

そこで今回は、白い割烹着《かっぽうぎ》を着けたお店のおばさんに、「タレ、要りません。あと、カラシもなくていいです」と言ったのだった。そうしたらおばさんが「あらまあ、何も要らないの」と言うので、「うん、納豆が美味しければ、余計なものはない方がいいから」と言ったら、「あらそう、余計なものは要らないのね。じゃあついでに、リアリティも抜いておきましょうかね」とおばさんが言ったのである。

というか、「じゃあついでに、リアリティも抜いておきましょうかね」とおばさんが言ったということがわかったのは、二十年ばかり経った、トークショーの最中の出来事だったのである。そのときは、「リアリティ」のところが実は聞き取れなくて、でもまあどうせ何か余計なものなのだろう、と決めて、「はいはいお願いします」と適当に答えておいたのだった。五十代に入ってから、耳も少しずつ遠くなってきて、よく聞こえなくても「はいはい」と適当に答えてしまうことが多くなってきたが、考えてみれば、三十代のころから、もうそれを実践していたのだ。

それで、あのおばさんは、僕の人生から、リアリティを抜いたのである。そのことが、いまになってわかった。どうやって抜いたのかはわからない。けれども、あれだけ美味しくて安い納豆を作ることに較べて、僕の人生からリアリティを抜くのが、格別困難なことだとも思えない。

そうしたすべてが一瞬のうちにわかって、ユリイカ！　トークショーの最中、何秒か、衝撃のあまり絶句してしまった。はたから見ると、なんであんな簡単な質問に答えるのにあんなにうろたえているんだろう、と思えたにちがいない。

その場では、とにかく衝撃を受けただけだったが、翌日、とくと考えた。もしあの納豆屋がいまでもまだあったら、ひょっとして僕の人生に、リアリティを返してもらえるのではないか。もしかしたら、そんなものはあの時その場で捨ててしまって、もう残っていないかもしれない。でももしかしたら、リアリティというのはそういう純粋に物理的なものではなく、いつでも戻そうと思えば戻せるたぐいのものかもしれないではないか。

土曜日が来るのを待ちかねて、僕は国分寺まで出かけていった。世に言う再開発がここでも進んでいて、駅前は二十年前とは別世界だが、中央線の線路と直角に何分か北側へ歩いていくと、もう以前とそれほど変わらない、中央線郊外らしい、ゆったりと品のいい街並が広がっている。歩きつづけると……あった、あの間口の狭い納豆屋が、いまもある！

知らないうちに足が走り出していて、店先まで飛んでいって、昔と同じに大粒納豆小粒納豆挽き割り納豆を並べたガラスケースの向こうに立っている、僕よりだいぶ若い、四十代はじめだろうか、口ヒゲにパンチパーマの男性に向かって、訳のわからないことを僕は口走っていた。「あの、二十年くらい前なんですけど……納豆を買って……大粒の……カラシとタレを抜いてもらったんですけど……そのときに……えっとあの……リアリティも一緒に抜いてもらっちゃったみたいで……いえ納豆のリアリティじゃなくて、僕の人生の……それで……それで、あの……」

最初はぽかんと聞いていた男性は、やがて要点を呑み込んだのか、「ちょっと待ってくださいね、母親に訊いてみますから」と言い、「かあさーん」と店の奥に呼びかけた。何秒かして、そうだこの人だ、だいぶ歳はとったけれど間違いない、白い割烹着は昔のままの初老の女性が出てきた。で、もう一回僕は、「あの、二十年くらい前なんですけど……納豆を買って……」をやったのである。

息子と同じく最初はぽかんと聞いていた彼女だったが、「ああ……あのときの……はいはい、覚えてますよ。あれでうちも、嫌なことがありましたからねえ……覚えてますよ」と言い、嫌なことって何だ？　と怪訝に思っている僕の方はろくに見ずに、彼女は息子に向かって「ほらお前も覚えてるだろ、タイガーにリアリティ食べさせて、そしたらじきに苦しがって、そのまま死んじゃったときのこと。あれ、このお客さんのリアリティだったんだよ」と言ったのだった。

「あのときか！」と息子は叫んだ。そして僕に向かって、「泣きましたよ僕、タイガーが死んじゃって。すごく可愛がってましたからね、いやべつにあなたが殺したとは言いませんよ、でもあなたのリアリティを食べてタイガーが死んだという事実は厳然としてあるわけですよ」と言った。

「いえね、そりゃあ」と母親が追い打ちをかけるように言った。「お客さんのリアリティを、うちのタイガーに食べさしたあたしにも責任はありますよ。でもお客さん、タレもカラシも抜いてくれって言って、タレやカラシはまた活用できる訳じゃないですか、だからお客さんの人生もただ捨てちゃもったいないと思ったものですからね、まあ猫にならちょうどいいかなって思って。けっこうそれに、美味しそうに食べてたんですよ。まあそりゃリアリティですからねえ、キャットフードよりはねえ……」

次々に浴びせられる棘のある言葉に、僕は立ちつくすしかなかった。

「まあ、過ぎたことは仕方ありません」と、口ヒゲにパンチパーマの息子は言った。

「でもせめて、お線香はあげてってください」

「お線香?」

「そうです。うちはみんなタイガーのことをほんとうに可愛がっていたんです。だから位牌もちゃんと作りました。仏壇に、うちの先祖と一緒に置いてあるんです。どうぞこっちへ。すいませんけど靴、脱いでくださいね」

言われたままに家にあがると、畳敷きの居間の奥に立派な仏壇が置いてあり、蠟燭もちゃんとともっていて、なかにいくつか位牌が並んでいたが、うちひとつがひどく小さかった。

「そうです、それです」と僕の視線をたどった息子が言った。息子に指さされるままに、僕はお線香を一本取り上げて、蠟燭で火を点け、右手をひらひら振って炎を消し、灰のなかに立てて、手を合わせ、頭《こうべ》を垂れた。何秒もしないうちに、涙が出てきて、僕はしくしく泣いた。

「ありがとう、タイガーのために泣いてくれて」と息子も声をつまらせたが、冗談じゃない。僕はもちろん、失われた僕の人生のリアリティを想って泣いていたのである。

(2008. 10)

ラジオ関東の記憶

Who's Obama?

三月の末、村上春樹さんのポーランド語訳者アンナ・エリオットさんに招待してもらってボストン大学に行き、翻訳ワークショップで翻訳について喋り、「日本におけるアメリカ文学受容」という題で講演もしてきた。で、その講演の方で、一番受けたのは、ヘンリー・ミラーが最初に訳されたとき猥褻な箇所は訳さずにそのまま英語を載せたんですよと言ったときだった。「英語ができると、報われることもあるんだなあ」と、一同爆笑していた。

で、今度その講演原稿を『すばる』に載せてもらえることになったので、どういうふうに英語が入っているか確かめようと、東大の図書館で新潮社版ヘンリー・ミラー全集を見てみたら、何と、おそろしく卑猥な箇所もちゃんと日本語に訳してあるではありませんか。おかしいなあと思って、散歩がてら多摩川沿いの土手を自転車で走り、地元大田区最大の大田図書館に行って地下の書庫へ降りていき、ミラーの古い翻訳を一通り見てみたのだが、やはりどれもきちんと全訳されている。

うーん……あ、もしかして！　と思って、見てみたら、やっぱりそうだった。猥褻な箇所が英語になっているのは、ヘンリー・ミラーではなく、ジェームズ・ジョイスの、新潮社版『ユリシーズ』（伊藤整・永松定訳）だったのである（もしかしたらほかにもそういう例はあるのかもしれないが、僕が見知っている例はこれだけ）。最終章、モリー・ブルームの有名な意識の流れがえんえん続くなか、たとえば「……それこそほんとうの美と詩があるんだわ」のあとに突如 I often felt I wanted to kiss him all over also his lovely young cock there so simple I wouldnt mind taking him in my… と、下半身に刺激的な内容に入ったとたん英語に交代するのである。

何度も公言したとおり、僕は元々肉体的に若々しくなかったので、五十四歳になってもまだあまり衰えも老いも感じずに済んでいるが、こういう「自信満々の勘違い」は僕にとって老いの指標のひとつである。本当に近年、この手の勘違いが増えてきた。まあ今回はそれでも、「ひょっとしたらミラーじゃないかも」と自分を疑っただけよかった。自己懐疑力、今後もなくなりませんように。

それにしても、ヘンリー・ミラーの古い翻訳がいくつも——さすがに日本初のミラー訳たる一九五三年ロゴス社刊、木屋太郎訳『薔薇色の十字架　第一部　セックサス上』なんてのは無理ですが、全集などに入ったものは一通り——見られて、しかもミラーじゃないんじゃないか、と思ったら数歩歩けば『ユリシーズ』一九五五年版を見ることができる、大田図書館の地下書庫は本当にありがたい。ここに来るたび、区民税のモトを取った気になる。

僕の自宅から大田図書館までのルートの大半を占める、多摩川土手沿いの散歩道は、休みの日に通ると、すぐ下の川べりで人が犬を散歩させていたり野球やサッカーをやっていたり凧をあげていたりバーベキューに興じていたり、みんな楽しそうで、自転車で走っていても気持ちがいい。

ルートの真ん中あたりで、川向こうに「ラジオ日本」の送信アンテナが見える。広々とした川沿いの土地に、高さ何メートルもあるポールがそびえて、そこからワイヤーが両側に何本も、三十度くらいの角度で張られている。かつて「ラジオ日本」は「ラジオ関東」と言った。ＴＢＳや文化放送のような東京ベースの局とは違って、番組構成も神奈川県のローカル局というノリで、送信出力も東京の各局より弱かったはずだが、僕が住んでいるあたりはとにかく近いので、感度の悪いラジオでも「ラジ関」だけはガンガン入った。何しろ、ゲルマニウムダイオードにクリスタルイヤホンをつないで、アンテナ線代わりに、小容量のコンデンサーで百ボルト電流を遮断したコードをACコンセントにつないだだけで、コイルとバリコンによる選局部なしでも、ラジ関がかすかに聞こえてくるのだ。

そうやって自分で作ったラジオで、ラジ関のヒットパレードを聞くのは、当時小学校高学年だった僕の最大の楽しみだった。ラジ関はヒット曲に関し、東京の局よりつねに何歩か先を行っていた。新曲がラジ関のチャートに突如登場するたびに、僕は聞いたこともない曲やミュージシャンの存在を知った。ナンシー・シナトラ（フランク・シナトラの娘です）の「にくい貴方」の出だしの、半音ずつ下降していく妙な楽器が初めてイヤホンから聞こえてきたときの記憶はいまも生々しい（それは僕が生まれて初めて聞いたダブルベースの音だった）。そうやってラジ関で知った曲が、二、三週間してTBSやニッポン放送のチャートに現われ、さらに一、二週間してテレビの「ザ・ヒットパレード」でもザ・ピーナッツによって、時にやや珍妙な日本語で、そしてもっと珍妙なアレンジで歌われたりするのだった。

その後ラジオ関東はラジオ日本となり、僕の家の近所には大きなマンションが建って電波障害が発生し、東京局のみならずラジオ日本も、よほど感度のいいラジオでないと綺麗に入らなくなった。もっとも、それはひとつには、ウィキペディアで知ったのだが、ラジオ日本が郵政省の指導により、神奈川県を可聴範囲とする局ということで、東京側に電波が飛ばないよう指向性を変えたことも一因のようである。

だが、まだラジオ日本がラジオ関東で、東京側にもガンガン電波を飛ばしていたころ、一度川べりまでゲルマニウムラジオを持っていったことがある。そんなことはすっかり忘れていたけれど、土手を走って川向こうのアンテナを見ているうちに不意に思い出したのである。そう、あのときは驚いた。ゲルマニウムラジオに一メートル程度のアンテナ線をふら下げただけなのに、バリコンをどう回しても、ラジ関がガンガン聞こえてくる。そして、アンテナ線を地面に刺してみたら、増幅装置も何もないゲルマニウムラジオがここまで鳴るかと、耳が痛くなるくらいの大音量で鳴ったのだ。

なんとなく懐かしくなって、散歩道を降りて、川べりへ行ってみた。たぶん四十二年か三年前も、僕はやっと乗れるようになった（クラスで男ではたぶんビリ）自転車でここまで来て、ゲルマニウムラジオの鳴り方に驚愕したのである。

誰でもそうかもしれないが、たとえば大学生のころよく行った場所へ久しぶりに行くと、なんとなく大学生に戻ったような気分になる。自分のなかに消えずに残っている、大学生のころの層が、ふっと浮上してくる。

そしてこの場合は、何せ四十二年だか三年だかのあいだ一度も踏まなかった土を、ものすごく久しぶりに踏んだのである。小学生だった僕の層が、一気に戻ってくる、その勢いはすさまじかった。

イヤホンを耳につけて、バリコンをろくに回さないうちから、ラジ関の平日昼定番の競馬中継がガンガン聞こえてきて、僕はすっかり驚いている。そして、アンテナ線を地面に刺したとたん、アナウンサーがマイクではなく僕の耳に向かって絶叫しているみたいに、それこそ唾まで飛んでくる気がして、僕はあわててイヤホンを耳から外す。

どうせならヒットパレードの時間に来るんだったたな、まさかここまでよく聞こえるとは思わなかった、と、耳から離してもまだ聞こえる競馬の実況中継をぼんやり聞きながら僕は思っている。

ところが、やがて、実況の音がだんだん小さくなって、代わりにもっと静かな、なんというか、もっと厳めしい声が聞こえてきたのだ。僕はふたたびイヤホンを耳にはめてみる。さっきまでとは違った、ずっと遠くから電波がやって来ているような、かなり不安定な声が耳に入ってくる。我ガ飛行第三十八戦隊ハ……十六日未明……勝利ヲ……敵機十六機ヲ撃……と、何となく平仮名の代わりに片仮名を使うのがふさわしいような、昔風の喋り方。

　昔を回顧する番組か何かで、かつての放送の録音を流しているのだろうか、と僕はあのとき思ったのだった。もう少し聞いていればきっと説明があるのかな、と考えていたら、ザーッと雑音が入って、何も聞こえなくなってしまった。

と、しばらくして、今度は、全然違う質の声が聞こえてきた。さっきの、戦況を報じているらしいアナウンサーの声が昔風だったとすれば、今度の声は、そのときそういう言葉をとっさに思いついたかどうかはよく覚えていないが、未来風とでも言うしかない、不思議に軽いトーンを帯びていた。

　電波は相変わらず弱く、声は切れぎれにしか聞き取れなかったが、これもどうやらニュース番組であり、どこかの国で、オバマという人が、大統領選挙に勝利したことを男性アナウンサーは伝えていた。じきにオバマその人の声らしい、英語（かどうかも当時の僕にはわからなかったが、外国語といえば英語しか思いつかなかったのだ）の叫び声が聞こえ、それに応えて群衆が大きな歓声を上げていたが、多摩川べりの原っぱで、イヤホンから聞こえてくるその歓声は、喜びの声であるはずなのに、宇宙それ自体がため息をついているみたいに侘しく聞こえた。

　すっかり忘れていたけれど、僕はあの日家に帰って、夕食の最中、父親に「ねえ、オバマって人、どこの国の大統領になったの？」と訊ねたのだった。すると父は、「オバマ？　誰だそれ？」と、なぜだか怯えた顔で訊き返した。僕が口にした言葉が父を怯えさせたのは、あとにも先にもあのときだけだと思う。

（2009. 7）

ワシントン広場の夜は更けて

Washington Square

老人は小さな金色の鈴を鳴らしながら、白い荷車を押して近所をまわっていた。四つ角に来るたびに立ちどまると、子供たちがお金を握りしめて寄ってきて、細かいナッツをまぶした糖蜜《とうみつ》アップルや、尖《とが》ったスティックに刺した赤いキャンディアップル、あるいはまた、白い荷車のガラスの下に並んだパラッキーをじっくり吟味するのだった。タフィーアップルなら駄菓子屋で見ていたし、赤いキャンディアップルだってサーカスに行けばピエロが売っている。けれどパラッキーだけは、よそで売っているのを見たことがなかった。それはぱりぱりのウエハースを二枚、蜂蜜で貼りあわせたものだった。味はアイスクリーム・コーンに蜂蜜を塗ったように思えなくもなかったが、メアリはむしろ聖餐《せいさん》式を思い起こした。聖《ホス》餅《チア》を口のなかに入れて、聖体拝領台から自分の席に帰っていくときの舌ざわり。

――スチュアート・ダイベックの短篇「パラツキーマン」の一節。ある種の子供の目から見れば、駄菓子を売りにくる老人も、その老人が売る駄菓子も、この上なく神秘的でありうる。

あるときメアリは、兄に連れられてパラツキーマンとその仲間の廃品回収業者たちをつけて行き、町外れで彼らが何やら赤い液体を大鍋《おおなべ》でぐつぐつ煮ているのを目にする。

……男たちは鍋に寄っていって、なかに指を浸し、舐《な》めながら頷《うなず》いたりニッコリ笑ったりした。馬たちがぞろぞろ厩《うまや》から出てくるのが見えた。馬具がついていないと、馬たちの姿は、重々しく、いかにも裸に見えた。メアリは両腕で顔を隠して見るまいとした。やがて、ゆっくりとした悲しげな歌と、その背後の、ゼイゼイと調子外れの息づかいが聞こえてきた。メアリが顔を上げると、彼らはみな、ホームレスたちの聖歌隊みたいに、ぺしゃんこの帽子も脱いで、風に頭をさらして歌っていた。誰かがぼろぼろのアコーディオンを操って、侘《わび》しい異国風のメロディを絞り出している。

いかにもダイベックらしい、聖と俗の、しょぼいものと美しいものの絶妙な混淆《こんこう》。兄のジョンは「血だ！」と言ったけれど、あの鍋のなかにあるのは何だろう……やがて子供たちを見つけると、パラッキーマンは棒に刺したリンゴを赤い液体の入った鍋に浸し、二人に一つずつくれる。齧《かじ》ってみると、リンゴは信じられないほど甘い。

そしてパラッキーマンは、巨大なパラッキーを細かくちぎって皆に分け与える。で、こっちは口に入れてみるとひどく苦い……。

キャンディアップルには血のイメージが残り、甘さは苦さと併存する。パラッキーマンが大きなパラッキーをちぎる箇所は、カトリックの司祭が感謝のミサでホスチアを割るしぐさを連想させる。そうやって聖と俗を混ぜ合わせることで、聖が俗の次元に引きずり下ろされるのでもなく、俗が聖の次元に引き上げられるのでもなく、両者がその意味も曖昧《あいまい》なまま存在を認められているところがダイベック的なよさである。

ただ、ホスチアと言われても、僕は映画で見たことくらいしかない。パラッキーの描写を読んでむしろ思い浮かべるのは、子供のころ食べたソースせんべいである。なんて言うとカトリックの人に殴られるかな。カトリックだから殴るなんて野蛮なことはしないか。異端審問にかけるとか。

ソースせんべいについては思い出すことがある。子供のころ近所によくチンドン屋が来たが、僕は小学校に上がったころにはもう、白粉《おしろい》を塗って江戸時代の恰好《かっこう》をして鉦《かね》太鼓を叩《たた》いている人たちに飽きていて、チンドンピーヒャラが聞こえてきても表に飛び出したりはしなくなっていたのだが、あるとき、「ワシントン広場の夜は更けて」が聞こえてきたので急いで靴をはいて外に出てみたら、恰好は例によって浮世絵の出来損ないみたいなチョンマゲに太い隈取《くまど》りなのだが、楽器がちょっと違う。クラリネットは定番としても、あとの二人がバンジョー、チューバなのだ（そのころはそんな楽器名も知らなかったけど）。それに何といっても、曲がいつもの無個性演歌調ではなく、当時流行《はや》っていた「ワシントン広場の夜は更けて」である。これはカッコい い。僕は幼稚園のころの無邪気さに戻って、何も考えずチンドン屋について行った。

言うまでもなく、「ワシントン広場の夜は更けて」はそんなに長い曲ではない。前半が十六小節、サビが十六小節、それでおしまいである。だがチンドン屋楽団は、これに無限のバリエーションを加えて、歩きながらえんえんと演奏を続けた。たぶんデキシーランド・ジャズの楽団員たちが、食うためのアルバイトをしながらも、なにがしかの創造性をそこに忍び込ませていたのだろう。

ともかく、気がついたとき、僕は知らない街角に立っていて、日も暮れはじめていた。あたりを見回しても、見覚えのあるものは何ひとつない。たしかこっちから来たはずだと思ってしばらく全速力で走ってみたが、それでもまだ、家々にも看板にも見覚えはない。ふたたび気がつけば、もうチンドン屋もいなくなっている。ひどく心細かった。それに、お腹も空いてきた――いくら心細かろうが心配事があろうが、僕の場合、食欲だけはなくならないのである。

ポケットを探ると、十円玉が一枚と、五円玉が一枚。ちょっと心細さが減った。当時は十円あれば菓子パンが一個（安い店なら）買えた時代である。

知らない街をしばらく歩いていると、小さめの商店街に出て、肉屋で焼き鳥を売っていた。このへんの肉屋は、肉を売るかたわらで焼き鳥を売っていて、赤ちゃんを背中におぶったお母さんが、夕御飯の豚コマを買うついでに自分のおやつに一本二本つまんでいったりするのだ。僕はレバーを一本買った。十円。モツは五円だけど、残念ながらあんまり好きじゃない。

レバーを食べて少し元気が出て、また歩きはじめると、何軒か先に、今度は駄菓子屋があったので、残りの五円でソースせんべいを買おうと思って入っていった。五円で確実にそこそこのコスト・パフォーマンスを得ようと思ったらソースせんべいに限る。

子供心にも、なんだか変な店だなあ、と思いはしたのだ。妙に暗いし、駄菓子屋だというのに鬼やら般若《はんにゃ》やらの絵が飾ってあるし、ふつうなら柱時計がありそうな場所には、暗くてよく見えないが人の生首をそのまま乾《ほ》したみたいな感じのものが掛かっている。もしかしたら単に枕にトウモロコシのヒゲをくっつけただけかもしれないが、とにかく変なものであることは間違いない。

ハッと気がついたら、目の前に白い割烹着を着たお婆さんが立っている。白髪をざんばらに垂らして、なんだか怖い。恐る恐る「ソースせんべいください」と言いながら五円玉を差し出した。すると相手は五円玉を受けとり、「うちのソースは特別なんだよ」と言いながら、ガラスの容器からソースせんべいを一枚取り出して、ソースを塗りにいくのか、奥へ持っていった。

「はい、お待たせ」と妙に愛想のいい声とともに目の前に出てきたのは、やっぱり暗くてよくわからないのだが、なんだか赤っぽいソースを塗ったソースせんべいだった。僕はありがとうとも言わずに受けとって、そそくさと店を出た。

まだ薄明かりの残っている表で見てみると、せんべいに塗られたソースは、赤っぽいどころか、血のように真っ赤だった。匂いを嗅《か》いだら、積んであった錆《さび》だらけのトタンに膝《ひざ》の下を思いきりぶつけたときに鼻をついた匂いと同じだった。たぶん生まれて初めて、僕は病気でもないのに食欲をなくした。

少し先を行ったところに路地が見えたので、曲がって、そこにあった原っぱにソースせんべいを捨てた。帰らなくちゃ、と思って商店街の方に向き直ったとたん、駄菓子屋のお婆さんが目の前に立っていた。ものすごく怖い顔だった。店の壁に飾ってあった般若のお面そのままだった。

「この罰《ばち》当たり！　食べ物を捨てるなんて！　お仕置きしてやる！」とお婆さんは言って僕の首根っこをつかみ、ぐいぐい引っぱっていった。店の前まで戻ってきて、横にあった地下への階段をなおも僕を引っぱったまま降りていき、古い木の扉を開けて、僕をなかに放り込んだ。冷たい床にどさっと投げ出されると同時に、扉がばたんと閉まって、閂《かんぬき》を掛ける音がした。扉に飛んでいったが、いくら押しても引いてももう開かなかった。

横の壁に小さな明かり採りがあって、目が慣れてくるとだんだん部屋のなかが見えてきた。倉庫だった。おもちゃのピストルや、紙飛行機や、ラムネ、キャラメル……こんな心細い状況でなかったら、子供にとっては天国みたいなところだった。だがもちろんこっちは天国どころではない。いつになったら出してもらえるのか、心配でたまらなかった。あのお婆さん、僕を殺して血をとるんじゃないか、さっきの血のソースは子供を殺して作ってるんじゃないのか、と心配はどんどん膨らんできた。それとも、ここでずっと生かしておいて、定期的に必要な量だけ血をとりにくるのか……。だんだん暗くなっていくなかで、また「ワシントン広場の夜は更けて」が聞こえてきた。さっきこの曲を聞いたのが、もうずっと昔のことのように思えた。

不思議なことに、どうやってあの薄暗い倉庫から抜け出したのか、僕にはどうしても思い出せない。自分で扉を開けるすべを発見した記憶も、お婆さんがやって来てひとしきり説教を垂れてから帰らせてくれた記憶もまったくない。時おり思うのだが、僕はまだあの倉庫から出ていないんじゃないだろうか。本当は倉庫に閉じ込められたまま、家に帰って小学校を卒業して中学高校大学も卒業して職についた自分を想像しているだけじゃないだろうか。「つまみぐい文学食堂」なんていう連載を雑誌でやっていて、その最終回の原稿をワープロに打ち込んでいる自分を想像しているだけじゃないだろうか。そもそも「ワープロ」なんて僕の想像の産物じゃないだろうか。

さようなら。

Stuart Dybek, "The Palatski Man," *Childhood and Other Neighborhoods* (1980;

University of Chicago Press, 2003)
スチュアート・ダイベック「パラツキーマン」、柴田元幸編訳『紙の空から』晶文社

(2006. 6)

回顧的解説

この本に収めたすべてのエッセイについて、一言ずつ触れる。余談みたいな話が多いので、本文のあとに読んでいただく方がいいかもしれないが、もちろんそのあたりは読者にお任せする。

狭いわが家は楽しいか

『群像』に依頼されて「日本語ノート」というコラムのために書いた。何となくではあれ、「エッセイってこう書けばいいのかな」と自分としては初めて思えた文章。かつ、翻訳という作業について思うところを初めて書いた文章でもある。実はいまだにここから抜け出ていない。

生半可な學者

大学院生のころ、古本屋の店頭の百円均一のワゴンのなかに『必ず利くチラシの拵ら〜方』という本があるのを見て、べつにチラシ作りに興味があったわけではまったくないのだが、なぜか「この本はいつか使える」と思って買った。昔のワタシは勘がよかった。まさか初めての自著のタイトルが中に隠れているとは思わなかったが。『ハザール事典』は元の文章では『ハザール民族辞典』と記していたが、その後刊行された邦訳に合わせた。現在創元ライブラリで入手可能。女性版と男性版があるが、違うのは一カ所だけで、読めばああここが違うんだなとわかるように書かれているので、どっちを買うかでそんなに悩む必要はありません。『お茶で描かれた風景画』は残念ながら未邦訳。

一九八八年六月から九〇年十二月まで『TVコスモス』という雑誌で、いちおう「時事英語」について書くという約束で毎回一ページの文章を書いたが、本書に収めたなかではこれと「アメリカにおけるお茶漬の味の運命」「貧乏について」「風に吹かれて」がそう。どこが時事英語なんだか。

ミルキーはママの味

唐突に「柴田君」「佐藤君」という主語が出てくるが、これは佐藤良明さんと一緒に『東京人』でやった「佐藤君と柴田君」という連載の文章だからである。佐藤さんとの共作は『佐藤君と柴田君』『佐藤君と柴田君の逆襲!!』の二冊に結実した。共作といってもおたがい勝手な方向を向いてると思うんですが、はたから見るとこの二人、どれくらい同じに／違って見えるんだろうか。

ボーン・イン・ザ・工業地帯

タイトルだけ決めて、あとは思いつくままに、妻が夕ご飯を作っている横で一気に書いた。ダイベック、ミルハウザーが読者に届いていないことへの嘆きから始まっているが、その後この事態はだいぶ是正された。ダイベック氏来日に際して書いた文章は第五部の「京浜工業地帯のスチュアート・ダイベック」をご覧ください。ミルハウザー氏の来日は二〇一六年にとうとう実現した。大学で海外から人を呼べる予算がついたときに「ミルハウザー呼んでください!」と学生諸君がせっついてくれたおかげである。僕一人では度胸が出なかったので。

考えもしなかった

もう一度妻を殺しそうになったのは、ブレーキの壊れた自転車に二人乗りしていてうっかり険しい下り坂を降りはじめてしまったときである。最後はものすごいスピードになり、下手をすれば自分も一緒に殺すところだった。

この文章は元々、三浦雅士さんが編集長だった『大航海』に載った。『大航海』初出の文章はほかに「目について」「そして誰もいなくなった」「フィラデルフィア、九十二番通り」「死んでいるかしら」「ロボット」「どくろ仮面」「テイク・ファイブ」「文法の時間」「納豆屋にリアリティを奪われた話」「ラジオ関東の記憶」。『大航海』1号から71号まで、一度も休まず（まあ質はともかく）書いたのはひそかな自慢である。

目について

父が死んで真っ先にお線香をあげに来てくれた近所の人はお葬式の作法に大変詳しく、準備段階から我々無知な兄弟にいろいろ教えてくれたのだが、父の開いている目に肝を潰してそれっきり来なくなった。

あの時は危なかったなあ

この本に入っているエッセイの大半は三十代〜五十代のときに書いたものだが、ここから三本はごく最近、六十代に入ってから書いた。

この一本は、「あなたの『あの時は危なかったなあ』を教えてください」という雑誌アンケートの説明として書いた文章。早く送らないと、と十五分で英訳してアメリカの作家たちにも送ったところ、当時文芸誌 *Denver Quarterly* の編集長をしていたレアード・ハントがアンケートにも答えてくれた上で「これ、うちの雑誌で載せたい」と言ってくれた。"Phew!"はその英文版のタイトル。

そうなったら、なぜ、とは問うまい
最後で言っている「その事態」、まだ待ってます！

ジェネリック
「日本翻訳大賞」を一緒にやっている西崎憲さんが編集している雑誌『たべるのがおそい』に依頼されて書いた。僕も『モンキー』という雑誌を作っているので、勝手に「インディーズ仲間」だと思っている。芥川賞作家輩出は向こうに先を越されました。

チャック・ベリー
チャック・ベリーが「トゥー・マッチ・モンキー・ビジネス」という曲を作って歌わなかったら、僕が『モンキービジネス』『モンキー』という雑誌を出すこともなかったろう。代わりに何という雑誌名にしただろうか？

アメリカにおけるお茶漬の味の運命

子供のころ、「永谷園のお茶づけ海苔」をいったい何回食べただろう。永谷園は子供のころ江崎グリコと並んでほとんど「地元産業」だった。僕の住む六郷地区に工場があったのである（僕は仲六郷だが工場は東六郷で、いまそこは「技術開発センター」になっていて、これとは別に南六郷に東京支店がある）。一九六四年「松茸の味お吸いもの」登場も、七〇年「さけ茶づけ」登場もリアルタイムで覚えている。考えてみれば「松茸の味お吸いもの」はビートルズの「ハード・デイズ・ナイト」と同じ年、「さけ茶づけ」はサイモンとガーファンクルの「明日に架ける橋」と同じ年なんですね。若者には「それがどうした」って話だろうが……。

甘味喫茶について

成り行きでカフェについて書かないといけない破目になって、どうしてもカフェについて書きたくなかったので、なぜカフェについて書くのが嫌なのかを考えたら、すべての段落が「甘味喫茶」で始まるこの文章に行きついた。その後カフェについての偏見は払拭され、いまではときどき、いい感じのカフェで朗読をしたりもする。これは主としてignition galleryの熊谷充紘《みつひろ》さんのおかげである。

聞こえる音、聞こえない音

「音もれの少ないヘッドフォン」の開発に言及しているが、「ノイズキャンセリング」は当時はまだ村上春樹の『世界の終りとハードボイルド・ワンダーランド』で夢見られるだけにとどまっていた。そういえばこの本文中で触れているビル・クロウの『ジャズ・アネクドーツ』はその後村上さんが翻訳した。現在、新潮文庫で入手可能。

そして誰もいなくなった

その後多くの電車に「弱冷房車」が設けられ、過剰冷房を嫌う人がほかにもいると知って安心した。

文庫本とラーメン

今回このエッセイ集をまとめるにあたり、『TVコスモス』に連載していた文章には英語題が添えてあったので、それに合わせてすべてに英題をつけた。このPaperback Ramen は今回つけた題のひとつ。これを書いた時点（一九九五年）では ramen という「英単語」はまだ使えなかったが、いまではアメリカで注目のヘルシーなフードであり単語としても定着した。

ビートルズ

今日ではもうビートルズのコード進行の革新性ということがそんなに実感できなくなった。これはビートルズが古びたということではなく、ビートルズがいまや我々のDNAの一部になったということだろう。

その時点ではビートルズ来日は僕が小学校六年のときで、僕も武道館ライブをテレビで観たが、ビートルズより、前座のブルーコメッツや尾藤イサオの方に興味があった。ドリフターズも出てきて、仲本工事のリードボーカルで「のっぽのサリー」を演《や》ったのである。

ドゥ・イット・ユアセルフ・ピンチョン・キット

これを書く上での参考文献の大半は佐藤良明さんがコピーしてくれたものである。そのお礼をどこにも書いていないことにいまごろ気づいた。三十年ほど遅れましたが佐藤さんにあつくお礼申し上げます。

異色の辞書

この辞書のことは「生半可な學者」でも書いていて、引用している用例まで重なっているが、この辞書は大好きだったのでご容赦願いたい。用例くらいは替えたいのだが、この辞書を僕以上に気に入った人にあげてしまったので、もう手元にないのです。

貧乏について

ポール・オースターはその後もたくさん翻訳を出すことができて本当に嬉しい。この文章を書いてからまもなく『ムーン・パレス』も出し、二十年以上経ったいまも版を重ねている。「中学のころに読んで感動した」「高校のときにこの本でオースターが好きになった」と読者から言ってもらえることがもっとも多い本。有難や。

風に吹かれて

ハインリッヒ・ベルの「笑い屋」はその後、『Sudden Fiction 2 超短編小説・世界篇』(文春文庫)で英訳から訳すことができて非常に嬉しかった。この名アンソロジーではほかにも、カルヴィーノ、ボルヘス、ガルシア＝マルケス等々の超短篇を英訳から訳すという贅沢な体験ができた。

消すもの／消えるもの

消しゴムはいろいろ試してみたいのだが、そんなにたくさんは使わないので、次々買うわけにも行かないのが悔しい。いままで使ったなかでは、プラス社の「エアイン・ソフト」が一番よかった。軽く消せて、カスのまとまりもいい。

東京都大田区はその後ゴミ分類に関するルールを変え、消しゴムのカスはおろかプラチックはすべて可燃ゴミに含めていいことになった。あのときの釈然としない感じを五百倍増幅すると、神の国日本は神の国でないと言われたときの釈然としなさになるのかもしれないと思う。

コリヤー兄弟

その後、僕の訳している作家の一人が、「捨てられない症候群」をめぐる自分の体験を本にしてかなり注目を浴びた。その一人というのが、奇想天外な超短篇で知られるバリー・ユアグローだと言ったら意外だろうか、そうでもないだろうか。歴史もきちんと踏まえた本なので、むろんコリヤー兄弟の話も出てくる。現在W. W. Nortonからペーパーバックが出ている。Barry Yourgrau, *Mess: One Man's Struggle to Clean Up His House and His Act.*

自転車に乗って

シリ・ハストヴェットの『目かくし』はその後白水社から斎藤英治訳が出た。『リリー・ダールの魅惑』は未訳。アイルランド文学の奇才フラン・オブライエンの代表作『第三の警官』『スウィム・トゥー・バーズにて』は現在も白水Uブックスで読むことができる。白水Uブックス、河出文庫、ちくま文庫はよい海外文学をイン・プリントに保つ上で貢献度大。

フィラデルフィア、九十二番通り

森のなかから戻ってきたのは自分たちの娘ではなく別の少女だったのではないか、というホーソーンがノートブックに書いた着想はその後『relations』で訳し、本書でも登場してくれているきたむらさとしさんが素晴らしい絵を描いてくれた。これを含む、原文＋柴田訳＋きたむら絵という組合せの『relations』連載は、『アイスクリームの皇帝』（河出書房新社）にまとめることができた。きたむらさんには一連のエッセイ集でも楽しい絵を描いてもらっていて、受けた恩は山よりも高く海よりも深い。その中で、『アイスクリームの皇帝』の絵は全部カラーだし、絵をつける対象も柴田駄文ではなくどれも素晴らしい文学なので、ちょっと特別である。

活字について

その後もっとも好みのフォントはBookman Old Styleに変わった。Baskerville Old Faceも渋いしGaramondも捨てがたい。

鯨の回想風

「いかん、文学食堂しないと」と唐突に言っているが、これは「つまみぐい文学食堂」という、角川書店の蒲田麻里《がまだまり》さんの発案で『本の旅人』に連載した文章だからである。食べ物を軸にしていろんな文学をつないで語る、というこの発案はとても有難く、次の「水文学」なんていう発想は自分からは絶対出てこなかった。

水文学について

これを書いたあとでマコーマックの『ミステリウム』とラファージの『失踪者たちの画家』の邦訳が出た。ラファージは拙訳。『ミステリウム』は帯に推薦文を書いただけだが、マコーマックは目下最新作『雲』を翻訳中、至福の時間。

キンクス
キンクスの最高傑作『ヴィレッジ・グリーン・プリザヴェイション・ソサエティ』について最近比較的長い文章を『ERIS』という雑誌に書いた。二〇一八年九月に出る第24号に載る予定。『ERIS』はオンラインで読める（http://erismedia.jp/）。

ハーマンズ・ハーミッツ
キンクスのレイ・デイヴィスはファッショナブルな人たちを悪意をこめて皮肉った歌を何曲か書いていて、そのうちの一曲「ダンディ」をハーマンズ・ハーミッツが歌っているのだが、ピーター・ヌーンのイノセントな歌声だとその悪意は全部消えてしまう。この限界があるからこそ彼らは愛される。

ある男に二人の妻がいて

この文章に素材を提供してくれた東京学芸大学の学生諸君（当時）に感謝する。みんなもう立派な社会人だろうか。

死んでいるかしら

軽々とこういうことが書けたのは、やっぱりこのころ（二〇〇六年）はまだ死が遠かったんだなあと思う。まあいまもそんなに近くはないと思うが（思いたいが）。

タバコ休けい中

「タバコ休けい中」と書いた付箋紙はいまではRichard Powersの一連の著作の陰に埋もれてしまったがまだちゃんとある。

くよくよするなよ

副研究科長としての自分、ほんとに情けなかった……。

クリーデンス・クリアウォーター・リヴァイヴァル

三枚目の『グリーン・リヴァー』について何も書いていないが、一・二枚目の「沼っぽさ」が薄れてだいぶ爽やかになったこのアルバム、その後じわじわ好きになった。特に、しがない小さな町に埋もれたミュージシャンの若者を歌った「ローダイ」。

フェアポート・コンヴェンション
サンディ・デニーの声はあらゆる女性歌手の声のなかで一番好きかもしれない。

ロボット
母親を偲んで書いた文章だが、よくこんなものが書けたなと思う。母が亡くなって遺品を整理していたら、母を含む四人姉妹の昔々の写真が出てきて、そのあとに見た夢のおかげである。父の死に関しても第一部の「目について」で書いているが、こっちの方が迫力があることは認めざるをえない。まあ親父も許してくれるだろう。

どくろ仮面
言及されているデルモア・シュウォーツの短篇小説は「夢で責任が始まる」("In Dreams Begin Responsibilities") といい、アメリカ小説のアンソロジー『and Other

Stories とっておきのアメリカ小説12篇』（文藝春秋）で畑中佳樹が訳した。名作。

バレンタイン

これと次の「ホワイトデー」は、活字にするつもりで書いた文章ではなく、本当に奇特にも僕にチョコレートをくれた数人のために書いた。もう一本「チョコレート」というのもあります。『ケンブリッジ・サーカス』（新潮文庫）収録。

ホワイトデー

「東京オリンピックもまだ先の話である昭和の世界」とあるが、これは一九六四年の東京オリンピックのことである。

テイク・ファイブ

これ、いくぶん現実に近づいてきたような気が……。

文法の時間

『チラシの拵らへ方』同様、*501 Japanese Verbs* もいつかどこかで使いたいと思っていて、なかなかその機が訪れなかったのだが、アクアパーク品川でイルカショー（「ドルフィンパフォーマンス」）を見た結果これを書くことができた。

京浜工業地帯のスチュアート・ダイベック

ダイベックの詩集『それ自身のインクで書かれた街』（白水社）のあとがきとして書いた文章なので、「くるくる舞う葉の渦に足を踏み入れて」「幼いころはコンゴだとなかば信じていた場所」「魔女の庭を探検し」「苔むした階段を降りていってジニーの地下室を覗いた」等々は詩集に収められた諸作品への言及である。タイトルは「街の墨煮」と訳すべきだっただろうか、と一番最後に書いているが、これは原題の *The Streets in Their Own Ink* が squids in their own ink（それ自身の墨で煮られたイカ＝イカの墨煮）のもじりだからである。

納豆屋にリアリティを奪われた話

東京学芸大学から国分寺駅まで向かう道は、土曜の授業を終えて昼時にのんびり歩くことが多かったので割合印象に残っている……つもりだったのが、こんなものを書いてしまったせいで、いまではもう、中古レコード屋でチャック・ベリーの三枚組L

P『Very Good!!』を買ったこと（現実）と、納豆屋があったこと（非現実……たぶん）しか思い浮かばない。

ラジオ関東の記憶

その後、ヘンリー・ミラーの邦訳でもやっぱり伏字代わりに英語を並べているものがあることをミラーの専門家から教えられた。

ワシントン広場の夜は更けて

もう絶対答えを見つけようのない問い――僕は子供のころ、「ワシントン広場の夜は更けて」をチンドン屋の演奏で聴いたことがあったか？

「つまみぐい文学食堂」連載最終回の文章。

以上。

いままで書いてきた文章をこうして読み返してみると、人生はわりと短いなあ、というのが超平凡だが偽らざる実感である。僕はあくまで教職と翻訳が本業であり、自分をエッセイストと思えたことは一度もないが、そういう人間に書く機会を与えてくださったすべての方々に感謝する。そして、本書を企画してくださった筑摩書房編集部の山本拓さんには感謝感激雨あられである。

これらのエッセイに文学的価値はほとんどないし、情報的価値はもっとないし、教訓的価値はまったくない。だから、少しでも面白いと思ってもらえない限り、これらの文章の存在価値は皆無である。少しは面白いと思っていただけますように。

出典一覧

1．日々の実感

「狭いわが家は楽しいか」『生半可な學者』白水Uブックス、一九九六年（単行本、白水社、一九九二年）
「生半可な學者」『生半可な學者』
「ミルキーはママの味」『佐藤君と柴田君』新潮文庫、一九九九年（単行本、白水社、一九九五年）
「ボーン・イン・ザ・工業地帯」『佐藤君と柴田君』
「考えもしなかった」『死んでいるかしら』日経文芸文庫、二〇一四年（単行本、新書館、一九九七年）
「目について」『猿を探しに』新書館、二〇〇〇年
「あの時は危なかったなあ」『MONKEY』11号　スイッチパブリッシング、二〇一七年
「そうなったら、なぜ、とは問うまい」『暮しの手帖』90　暮しの手帖社、二〇一七

年
「ジェネリック」『たべるのがおそい』vol.5 書肆侃侃房、二〇一八年
「チャック・ベリー」『ロック・ピープル101』新書館、一九九五年

2. 文化の観察

「アメリカにおけるお茶漬の味の運命」『生半可な學者』
「甘味喫茶について」『佐藤君と柴田君』
「聞こえる音、聞こえない音」『佐藤君と柴田君』
「そして誰もいなくなった」『死んでいるかしら』
「文庫本とラーメン」『死んでいるかしら』
「ビートルズ」『ロック・ピープル101』

3. 勉強の成果

「ドゥ・イット・ユアセルフ・ピンチョン・キット」『ユリイカ』21巻2号 青土社、一九八九年
「異色の辞書」『Raccoon 英語通信』12号 筑摩書房、一九九二年

「貧乏について」『生半可な學者』
「風に吹かれて」『佐藤君と柴田君』
「消すもの／消えるもの」『死んでいるかしら』
「コリヤー兄弟」『死んでいるかしら』
「自転車に乗って」『死んでいるかしら』
「フィラデルフィア、九十二番通り」『それは私です』新書館、二〇〇八年
「活字について」『それは私です』
「鯨の回想風」『つまみぐい文学食堂』角川文庫、二〇一〇年（単行本、角川書店、二〇〇六年）
「水文学について」（「水」を改題）『つまみぐい文学食堂』
「キンクス」『ロック・ピープル101』
「ハーマンズ・ハーミッツ」『ロック・ピープル101』

4．教師の仕事

「ある男に二人の妻がいて」『佐藤君と柴田君』
「死んでいるかしら」『死んでいるかしら』

「タバコ休けい中」『それは私です』
「くよくよするなよ」『佐藤君と柴田君の逆襲!!』河出書房新社、二〇一三年
「クリーデンス・クリアウォーター・リヴァイヴァル」『ロック・ピープル101』
「フェアポート・コンヴェンション」『ロック・ピープル101』

5. 不明の記憶

「ロボット」『猿を探しに』
「どくろ仮面」『猿を探しに』
「バレンタイン」『バレンタイン』新書館、二〇〇六年
「ホワイトデー」『バレンタイン』
「テイク・ファイブ」『それは私です』
「文法の時間」『それは私です』
「京浜工業地帯のスチュアート・ダイベック」、スチュアート・ダイベック『それ自身のインクで書かれた街』あとがきの代わり、白水社、二〇〇八年
「納豆屋にリアリティを奪われた話」『佐藤君と柴田君の逆襲!!』
「ラジオ関東の記憶」『佐藤君と柴田君の逆襲!!』

「ワシントン広場の夜は更けて」『つまみぐい文学食堂』

※初出年月に関しては、各エッセイ末尾に記載した。

本書は、ちくま文庫のためのオリジナル編集です。

パルプ
チャールズ・ブコウスキー
柴田元幸訳
人生に見放され、酒と女に取り憑かれた超ダメ探偵が次々と奇妙な事件に巻き込まれる。伝説的カルト作家の遺作、待望の復刊！（東山彰良）

ブコウスキーの酔いどれ紀行
チャールズ・ブコウスキー
中川五郎訳
泥酔、喧嘩、二日酔い。酔いどれエピソードと嘆き節がぶつかり合う、伝説的カルト作家による笑いと涙の紀行エッセイ。（佐渡島庸平）

ありきたりの狂気の物語
チャールズ・ブコウスキー
青野聰訳
すべてに見放されたサイテーな毎日。その一瞬の狂った輝きを切り取る、伝説的カルト作家の愛と笑いと哀しみに満ちた異色短篇集。（戌井昭人）

ヘミングウェイ短篇集
アーネスト・ヘミングウェイ
西崎憲編訳
ヘミングウェイは弱く寂しい男たち、冷静で寛大な女たちを登場させ「人間であることの孤独」を描く。繊細で切れ味鋭い14の短篇を新訳で贈る。

カポーティ短篇集
T・カポーティ
河野一郎編訳
妻をなくした中年男の一日を、一抹の悲哀をこめ、ややユーモラスに描いた本邦初訳の「楽園の小道」他、選びぬかれた11篇。文庫オリジナル。

競売ナンバー49の叫び
トマス・ピンチョン
志村正雄訳
「謎の巨匠」の暗喩に満ちた迷宮世界。突然、大富豪の遺言管理執行人に指名された主人公エディパの物語。郵便ラッパとは？（巽孝之）

スロー・ラーナー［新装版］
トマス・ピンチョン
志村正雄訳
著者自身がまとめた初期短篇集。「謎の巨匠」がみずからの作家生活を回顧する序文を付した話題作。驚異に満ちた世界。（高橋源一郎、宮沢章夫）

ルビコン・ビーチ
スティーヴ・エリクソン
島田雅彦訳
マジックリアリスト、エリクソンの幻想的描写が次々に繰り広げられるあまりに魅力的な代表作。空間のよじれの向こうに見えるもの。（谷崎由依）

きみを夢みて
スティーヴ・エリクソン
越川芳明訳
マジックリアリズム作家の最新作、待望の訳し下ろし！　作家ザン夫妻はエチオピアの少女を養女にする。「小説内小説」と現実が絡む。推薦文＝小野正嗣

エレンディラ
G・ガルシア＝マルケス
鼓直／木村榮一訳
大人のための残酷物語として書かれたといわれる中・短篇。「孤独と死」をモチーフに、大著『族長の秋』につらなるマルケスの真価を発揮した作品集。

山口瞳ベスト・エッセイ　小玉武 編

サラリーマン処世術から飲食、幸福と死まで。――幅広い話題の中に普遍的な人間観察眼が光る山口瞳の豊饒なエッセイ世界を一冊に凝縮した決定版。

色川武大・阿佐田哲也ベスト・エッセイ　大庭萱朗 編

二つの名前を持つ作家のベスト。文学論、落語からタモリまでの芸能論、ジャズ、作家たちとの交流も。もちろん阿佐田哲也名の博打論も収録。（木村紅美）

開高健ベスト・エッセイ　小玉武 編

文学から食、ヴェトナム戦争まで――おそるべき博覧強記と行動力。「生きて、書いて、ぶつかった」開高健の広大な世界を凝縮したエッセイを精選。

田中小実昌ベスト・エッセイ　大庭萱朗 編

東大哲学科を中退し、バーテン、香具師などを転々とし、飄々とした作風とミステリー翻訳で知られるコミさんの厳選されたエッセイ集。（片岡義男）

ねにもつタイプ　岸本佐知子

何となく気になることにこだわる、ねにもつ。思索、奇想、妄想はばたく脳内ワールドをリズミカルな名短文でつづる。第23回講談社エッセイ賞受賞。

なんらかの事情　岸本佐知子

エッセイ？　妄想？　それとも短篇小説？……モヤッとするのに心地よい！　翻訳家・岸本佐知子の頭の中を覗くような可笑しな世界へようこそ！

杏のふむふむ　杏

連続テレビ小説「ごちそうさん」で国民的な女優となった杏が、それまでの人生を、人との出会いをテーマに描いたエッセイ集。（村上春樹）

既にそこにあるもの　大竹伸朗

画家、大竹伸朗「作品への得体の知れない衝動」を伝える20年間のエッセイ。文庫では新作を含む木版画、未発表エッセイ多数収録。（森山大道）

ネオンと絵具箱　大竹伸朗

現代美術家が日常の雑感と創作への思いをつづった2003〜11年のエッセイ集。単行本未収録の28篇、カラー口絵8頁を収めた。文庫オリジナル。

ポケットに外国語を　黒田龍之助

言葉への異常な愛情で、外国語本来の面白さを伝えるエッセイ集。ついでに外国語学習が、もっと楽しくなるヒントもつまっている。（堀江敏幸）

その他の外国語エトセトラ　黒田龍之助

英語、独語などメジャーな言語ではないけれど、世界のどこかで使われている外国語。それにまつわる面白いけど役に立たないエッセイ集。（菊池良生）

世界のことばアイウエオ　黒田龍之助

世界一周、外国語の旅！　英語や日本語といった身近な言語からサーミ語、ゾンガ語まで、100のことばについて綴ったエッセイ集。（高野秀行）

私の東京地図　小林信彦

オリンピック、バブル、再開発で目まぐるしく変わる東京だが、街を歩けば懐かしい風景に出会う。今と昔の東京が交錯するエッセイ集。（えのきどいちろう）

ゴッチ語録 決定版　後藤正文

ロックバンドASIAN KUNG-FU GENERATIONのフロントマンが綴る音楽のこと。対談＝宮藤官九郎他。コメント＝谷口鮪（KANA-BOON）

ニッポンの小説　高橋源一郎

わかりやすく文学の根源的質問に答える。「言葉とは？」「日本近代文学とは？」いま明らかにされる文学百年の秘密。（川上弘美）

氷　アンナ・カヴァン　山田和子訳

氷が全世界を覆いつくそうとしていた。私は少女の行方を必死に探し求める。恐ろしくも美しい終末のヴィジョンで読者を魅了した伝説的名作。

素粒子　ミシェル・ウエルベック　野崎歓訳

人類の孤独の極北にゆらめく絶望的な愛――二人の異父兄弟の人生をたどり、希薄で怠惰な現代の一面を描き上げた、鬼才ウエルベックの衝撃作。

地図と領土　ミシェル・ウエルベック　野崎歓訳

孤独な天才芸術家ジェドは、世捨て人作家ウエルベックと出会い友情を育むが、作家は何者かに惨殺される――。最高傑作と名高いゴンクール賞受賞作。

奥の部屋　ロバート・エイクマン　今本渉編訳

不気味な雰囲気、謎めいた象徴、魂の奥処をゆさぶる深い戦慄。幽霊不在の時代における新しい恐怖を描く、怪奇小説の極北エイクマンの傑作集。

動物農場　ジョージ・オーウェル　開高健訳

自由と平等を旗印に、いつのまにか全体主義や恐怖政治が社会を覆っていく様を痛烈に描き出す。『一九八四年』と並ぶG・オーウェルの代表作。

O・ヘンリー ニューヨーク小説集
青山南＋戸山翻訳農場訳
烈しく変貌した二十世紀初頭のニューヨークへタイムスリップ！ まったく新しいO・ヘンリーの読み方。同時代の絵画・写真を多数掲載。（青山南）

猫語のノート
ポール・ギャリコ
西川治写真
灰島かり訳
猫たちのつぶやきを集めた小さなノート。その時の猫たちの思いが写真とともに1冊になった。『猫語の教科書』姉妹篇。（大島弓子・角田光代）

郵便局と蛇
A・E・コッパード
西崎憲編訳
日常の裏側にひそむ神秘と怪奇を淡々とした筆致で描く、孤高の英国作家の詩情あふれる作品集。新訳一篇を追加し、巻末に訳者による評伝を収録。

グリンプス
ルイス・シャイナー
小川隆訳
ドアーズ、ビーチ・ボーイズ、ジミヘンにビートルズ。幻のアルバムを求めて60年代へタイムスリップ。ロックファンに誉れ高きSF小説が甦る。

バベットの晩餐会
I・ディーネセン
桝田啓介訳
バベットが祝宴に用意した料理とは……。一九八七年アカデミー賞外国語映画賞受賞作の原作と遺作「エーレンガート」を収録。（田中優子）

ボディ・アーティスト
ドン・デリーロ
上岡伸雄訳
映画監督の夫を自殺で失ったローレン。謎の男が現われ、彼女の時間と現実が変質する。アメリカ文学の巨人デリーロが描く精緻な物語。（川上弘美）

ムーミンのふたつの顔
冨原眞弓
児童文学の他に漫画もアニメもあるムーミン。媒体や時期で少しずつ違うその顔を丁寧に分析し、本質に迫る。トリビア情報も満載。（梨木香歩）

ムーミンを読む
冨原眞弓
ムーミンの第一人者が一巻ごとに丁寧に語る、ムーミン物語の魅力！ 徐々に明らかになるムーミン一家の過去や仲間たち。ファン必読の入門書。

短篇小説日和
西崎憲編訳
短篇小説は楽しい！ 大作家から忘れられたマイナー作家の小品まで、英国らしさ漂う一風変わった傑作を集めました。巻末に短篇小説論考を収録。

怪奇小説日和
西崎憲編訳
怪奇小説の神髄は短篇にある。ジェイコブズ「失われた船」、エイクマン「列車」など古典的怪談から異色短篇まで18篇を収めたアンソロジー。

お菓子の髑髏
レイ・ブラッドベリ
仁賀克雄 訳
若き日のブラッドベリが探偵小説誌に発表した作品のなかから選ばれた15篇。ブラッドベリらしい、ひねりのきいたミステリ短篇集。

コスモポリタンズ
サマセット・モーム
龍口直太郎 訳
舞台はヨーロッパ、アジア、南島から日本まで。故国を去って異郷に住む〝国際人〟の日常にひそむ事件のかずかず。珠玉の小品30篇。（小池滋）

昔も今も
サマセット・モーム
天野隆司 訳
16世紀初頭のイタリアを背景に、「君主論」につながるチェーザレ・ボルジアとの出会いを描き、「政治人間」の生態を浮彫りにした歴史小説の傑作。

片隅の人生
W・サマセット・モーム
天野隆司 訳
南洋の島で起こる、美しき青年をめぐる悲劇を、達観した老医師の視点でシニカルに描く。人間観察の達人・モームの真髄たる長篇、新訳で初の文庫化。

トーベ・ヤンソン短篇集
トーベ・ヤンソン
冨原眞弓 編訳
ムーミンの作家にとどまらないヤンソンの作品の奥行きと背景を伝える短篇のベスト・セレクション。「愛の物語」「時間の感覚」「雨」など、全20篇。

誠実な詐欺師
トーベ・ヤンソン
冨原眞弓 訳
〈兎屋敷〉に住む、ヤンソンを思わせる老女性作家。彼女に対し、風変わりな娘がめぐらす長いたくらみとは？　傑作長編がほとんど新訳で登場。

トーベ・ヤンソン短篇集 黒と白
トーベ・ヤンソン
冨原眞弓 編訳
ムーミンの作家ヤンソンは優れた短篇小説作家でもある。フィンランドの暗く長い冬とオーロラさながら、孤独と苦悩とユーモアに溢れた17篇を集める。

ジェイン・オースティンの読書会
カレン・ジョイ・ファウラー
中野康司 訳
6人の仲間がオースティンの作品で毎月読書会を開く。個性的な参加者たちが小説を読み進める中で、それぞれの身にもドラマティックな出来事が──。

オシリスの眼
R・オースティン・フリーマン
渕上痩平 訳
忽然と消えたエジプト学者は殺害されたのか？　名探偵ホームズ最強のライバル、ソーンダイク博士が緻密なロジックで事件に挑む。英国探偵小説の古典。

アンチクリストの誕生
レオ・ペルッツ
垂野創一郎 訳
20世紀前半に幻想的歴史小説を発表し広く人気を博した作家ペルッツの中短篇集。史実を踏まえて花開く奔放なフィクションの力に脱帽。（皆川博子）

あなたは誰? ヘレン・マクロイ 渕上痩平訳

匿名の電話の警告を無視してフリーダは婚約者の実家へ向かうが、その夜のパーティで殺人事件が起こる。本格ミステリの巨匠マクロイの初期傑作。

二人のウィリング ヘレン・マクロイ 渕上痩平訳

本人の目前に現れたウィリング博士を名乗る男は誰か。「啼く鳥は絶えてなし」というダイイングメッセージの謎をめぐる冒険が始まる。（深緑野分）

牧神の影 ヘレン・マクロイ 渕上痩平訳

暗号法に取り組んでいた伯父の死をきっかけに、ヒロインの周囲で不可解な出来事が次々と起こる。マクロイ円熟期の暗号ミステリ。（山崎まどか）

コンパス・ローズ アーシュラ・K・ル＝グウィン 越智道雄訳

物語は収斂し、四散する。ジャンルを超えた20の短篇が紡ぎだす豊饒な世界。「精神の海」を渡る航海者のための羅針盤。（石堂藍）

パヴァーヌ キース・ロバーツ 越智道雄訳

1588年エリザベス1世暗殺。法王が権力を握り、蒸気機関が発達した「もう一つの世界」で20世紀、反乱の火の手が上がる。名作、復刊。（大野万紀）

ロルドの恐怖劇場 アンドレ・ド・ロルド 平岡敦編訳

二十世紀初頭のパリで絶大な人気を博した恐怖演劇グラン・ギニョル座。その座付作家ロルドが血と悪夢で紡ぎあげた二十二篇の悲鳴で終わる物語。

うなぎ 浅田次郎選 日本ペンクラブ編

庶民にとって高価でも何故か親しみのあるうなぎ。そのうなぎをめぐる人間模様。岡本綺堂、井伏鱒二など、小説九篇に短歌を収録。（平松洋子）

こちらあみ子 今村夏子

あみ子の純粋な行動が周囲の人々を否応なく変えていく。第26回太宰治賞、第24回三島由紀夫賞受賞作。書き下ろし「チズさん」収録。（町田康／穂村弘）

さようなら、オレンジ 岩城けい

オーストラリアに流れ着いた難民サリマ。言葉も不自由な彼女が、新しい生活を切り拓いてゆく。第29回太宰治賞受賞・第150回芥川賞候補作。（小野正嗣）

ぼくの東京全集 小沢信男

小説、紀行文、エッセイ、評伝、俳句……作家は、その町を一途に書いてきた。『東京骨灰紀行』など65年間の作品から選んだ集大成の一冊。（池内紀）

清水町先生　小沼丹

小沼丹が、師とあおぐ井伏鱒二について記した随筆、解説を精選して集成。人となりと文学を描き出し、語りつくした一冊。（庄野潤三）

沈黙博物館　小川洋子

「形見じゃ」老婆は言った。死の完結を阻止するために形見が盗まれる。死者が残した断片をめぐるやさしくスリリングな物語。（堀江敏幸）

尾崎放哉全句集　村上護編

「咳をしても一人」などの感銘深い句で名高い自由律の俳人・放哉。放浪の旅の果て、小豆島で破滅型の人生を終えるまでの全句業。（村上護）

絶望図書館　頭木弘樹編

心から絶望したひとへ、絶望文学の名ソムリエが古今東西の小説、エッセイ、漫画等々からぴったりの作品を紹介。前代未聞の絶望図書館へようこそ！

巨匠たちの想像力〔戦時体制〕
あしたは戦争　企画協力・日本SF作家クラブ

小松左京「召集令状」、星新一、手塚治虫「悪魔の開幕」、昭和のSF作家たちが描いた未来社会。そこには私たちへの警告があった！（斎藤美奈子）

巨匠たちの想像力〔管理社会〕
暴走する正義　企画協力・日本SF作家クラブ

星新一「処刑」、小松左京「戦争はなかった」、水木しげる「こどもの国」、安部公房「闖入者」、筒井康隆「公共伏魔殿」ほか9作品を収録。（真山仁）

巨匠たちの想像力〔文明崩壊〕
たそがれゆく未来　企画協力・日本SF作家クラブ

小松左京「カマガサキ二〇一三年」、水木しげる「宇宙虫」、安部公房「鉛の卵」、倉橋由美子「合成美女」、筒井康隆「下の世界」ほか14作品。（盛田隆二）

最終戦争／空族館　今日泊亜蘭　日下三蔵編

日本SFの胎動期から参加し「長老」と呼ばれた伝説的作家の、未発表作「空族館」や単行本未収録作14篇を収録する文庫オリジナルの作品集。（峯島正行）

光の塔　今日泊亜蘭

地球上の電気が消失する「絶電現象」は人類を襲う未曾有の危機の前兆だった。日本SF初の長篇にして圧倒的な面白さを誇る傑作が復刊。（日下三蔵）

虹色と幸運　柴崎友香

珠子、かおり、夏美。三〇代になった三人が、人に会い、おしゃべりし、いろいろ思う一年間。移りゆく季節の中で、日常の細部が輝く傑作。（江南亜美子）

ナンセンス・カタログ　谷川俊太郎　和田誠　画

詩につながる日常にひそむ微妙な感覚。谷川俊太郎のエッセイと和田誠のナンセンスなイラストで描いた150篇のショートショートストーリー。

詩ってなんだろう　谷川俊太郎

谷川さんはどう考えているのだろう。その道筋にそって詩を集め、選び、配列し、詩とは何かを考えるおおもとを示しました。（華恵）

聖女伝説　多和田葉子

少女は聖人を産むことなく自身が聖人となれるのか？　著者の代表作にして性と生と聖をめぐる少女小説の傑作がいま蘇る。書き下ろしの外伝を併録。

君は永遠にそいつらより若い　津村記久子

22歳処女。いや「女の童貞」と呼んでほしい――。日常の底に潜むうっすらとした悪意を独特の筆致で描く。第21回太宰治賞受賞作。（松浦理英子）

アレグリアとは仕事はできない　津村記久子

彼女はどうしようもない性悪だった。すぐ休み単純労働をバカにし男性社員に媚を売る。大型コピー機とミノベとの仁義なき戦い！（千野帽子）

まともな家の子供はいない　津村記久子

セキコには居場所がなかった。うちには父親がいる。うざい母親、テキトーな妹。まともな家なんてどこにもない！　中3女子、怒りの物語。（岩宮恵子）

冠・婚・葬・祭　中島京子

人生の節目に、起こったこと、出会ったひと、考えたこと。冠婚葬祭を切り口に、鮮やかな人生模様が描かれる。第143回直木賞作家の代表作。（瀧井朝世）

通天閣　西加奈子

このしょーもない世の中に、救いようのない人生に、ちょっぴり暖かい灯を点す驚きと感動の物語。第24回織田作之助賞大賞受賞作。（津村記久子）

ぼくは散歩と雑学がすき　植草甚一

1970年、遠かったアメリカ。その風俗、映画、本、音楽から政治までをフレッシュな感性と膨大な知識、貪欲な好奇心で描き出す代表エッセイ集。

死の舞踏　スティーヴン・キング　安野玲　訳

帝王キングがあらゆるメディアのホラーについて圧倒的な熱量で語り尽くす伝説のエッセイ。「2010年版へのまえがき」を付した完全版。（町山智浩）

ちくま文庫

柴田《しばた》元幸《もとゆき》ベスト・エッセイ

二〇一八年十月十日　第一刷発行

編著者　柴田元幸（しばた・もとゆき）

発行者　喜入冬子

発行所　株式会社　筑摩書房

東京都台東区蔵前二―五―三　〒一一一―八七五五

電話番号　〇三―五六八七―二六〇一（代表）

装幀者　安野光雅

印刷所　星野精版印刷株式会社

製本所　株式会社積信堂

ISBN978-4-480-43545-3 C0195